書下ろし

おぼろ菓子

深川夫婦《めおと》捕物帖

有馬美季子

祥伝社文庫

目次

第一話　花魁《おいらん》慕情

一　紅《あか》い文字

格子窓から、弥生《やよい》（三月）の柔らかな日差しが入り込み、鍋から立ち上る湯気が微《かす》かに煌《きら》めく。

お純《じゅん》は玉杓子《たまじやくし》で汁を掬《すく》うと、ふっくらと炊き上げた白いご飯に回しかけた。蛤《はまぐり》の旨みが溶け出た汁の、磯《いそ》の香りが漂《ただよ》う。

今日の昼餉《ひるげ》の品書きは、蛤の深川飯《ふかがわめし》、小松菜のはんぺん団子《だんご》、菜の花の浅漬けだ。

お純はそれらを膳《ぜん》に載せ、お客へと運んだ。

「お待ちどおさま」

「おう。待ちかねていたぜ」

「腹が鳴って仕方なかったよ」

木場《きば》で働いている男たちは、早速、丼《どんぶり》に手を伸ばす。常連の二人は一口頬張《ほおば》り、声を揃《そろ》えた。

「やっぱり旨いっ」

相好《そうごう》を崩した男たちを眺め、お純の顔にも笑みが浮かぶ。垂《た》れ気味の目尻が、ますます下がった。

文政《ぶんせい》五年(一八二二)、江戸は深川《ふかがわ》。蛤町《はまぐりちょう》にある飯屋〈川野《かわの》〉では、町名に因《ちな》んで浅蜊《あさり》ではなく蛤を使った深川飯を出して、当たりを取っている。浅蜊よりも大きい蛤は出汁《だし》がたっぷり取れるし、食べ応《ごた》えもあるからだ。

その深川飯はもとより、はんぺん団子も好評だった。細かく刻んだ小松菜を、潰したはんぺんと絹豆腐《きぬどうふ》、片栗粉と混ぜ合わせ、味付けしながら捏《こ》ねて形作り、両面を焼く。海苔《のり》で包んでできあがりだ。軟らかな歯応えなので、お年寄りから幼い子供まで、味を楽しめる。

齢《よわい》二十六の女将《おかみ》のお純が一工夫して作る料理が、お客たちの胃ノ腑《いふ》を摑《つか》んで離さなかった。

「ごゆっくりどうぞ」

お純が一礼して板場へ戻ろうとすると、またもお客が入ってきた。川野が開いているのは、四つ半（午前十一時頃）から七つ（午後四時頃）の昼の間だけだが、途切れることなくお客が訪れる。お客たちが座って食事ができる座敷の広さは、六坪（十二畳）ほどの小さな店だが、温かなもてなしが評判を呼び、いつも賑《にぎ》わっていた。

「いらっしゃい」

お純は笑顔でお客を迎え、座敷へと上げる。馴染《なじ》みの、近所の老夫婦だ。

お客は途切れることなく訪れ、少し落ち着いた八つ（午後二時頃）に、亭主の弥助《やすけ》が帰ってきた。お純は板場から顔を出し、弥助の潑剌《はつらつ》とした姿に目を細めた。

「あらお前さん、早いわね」

「何も起こらねえからな。まあ、平和ってことでいいじゃねえか」

「確かに。でもお腹は減っているんじゃない」

「まあな。林田《はやしだ》の旦那《だんな》と一緒に、ぐるぐると見廻《みまわ》りをしてきたからよ」

齢三十一の弥助は岡《おか》っ引《ぴ》きで、林田とは弥助が仕《つか》えている同心だ。言いながら弥助は板場へと入り、あまっていた総菜を摘まんで小腹を満たそうとする。お純は弥助の手を軽く叩《たた》いた。

「もう。行儀が悪いんだから」

女房に睨《にら》まれ、弥助は頭を掻《か》く。

「すまねえ。腹減っちまってさ。それに、お前の作る飯は旨《うめ》えからな。つい、手が出ちまうんだ」

素直な弥助に、お純の顔は和《やわ》らいだ。

「ちゃんと用意するから、ちょっと待ってて」

「ありがとよ。忙しい時に、悪《わり》いな」

「いつものことでしょ」

日当たりのよい板場の中、弥助はおとなしく床几《しょうぎ》に腰を下ろす。お純は手際よく丼によそい、湯気の立つ深川飯を弥助に出した。蛤の身がごろごろ入り、刻んだ葱《ねぎ》と海苔もたっぷり鏤《ちりば》められている。弥助は早速頬張った。

「さすがだねえ」

しみじみ呟《つぶや》く弥助を眺め、お純はいっそう発奮する。亭主に料理を褒《ほ》めてもらえることが、お純はなにより嬉《うれ》しいのだ。

お純は小さい頃に貧しかったせいか、痩《や》せっぽちな上にソバカスが多い。そのような容姿に多少の引け目を感じているが、笑顔は可愛《かわい》く、明るく元気に飯屋を切り盛りしている。垂れ目で丸顔、愛嬌《あいきょう》のある顔立ちなので、実際の齢よりも若く見られることが多く、蒲公英《たんぽぽ》色や若草色の小袖がよく似合う。亭主を支えながら、姉《あね》さん被《かぶ》りに襷《たすき》がけの姿で甲斐甲斐《かいがい》しく働く姿は、野に咲く素朴な花のようだ。

弥助はちょいと強面《こわもて》だが精悍《せいかん》な顔立ち、背丈もあって引き締まった躰《からだ》つきの、なかなかの二枚目だ。お純が小柄なので凸凹《でこぼこ》夫婦などとも呼ばれるが、この二人、誰もが羨《うらや》むほどに仲がよい。お純と弥助は、七年前にある事件がきっかけで知り合い、その二年後に夫婦となった。

二人が住んでいる蛤町は、深川は永代寺《えいたいじ》の近くだ。近くに掘割が流れるこの町で川野を営みながら、その二階で暮らしている。お純が心を籠めて作る料理は美味《お》しいと評判で、蛤町の人々だけでなく、永代寺門前町《もんぜんちょう》の芸者の姐《ねえ》さんたちも食べに訪れる。ちなみに永代寺の隣には富岡八幡宮《とみおかはちまんぐう》があり、八幡様《はちまんさま》を参詣した人たちが、その帰りに川野に立ち寄ることもあった。

お純が作る故郷の陸奥国《むつのくに》の料理や、日替わりの工夫料理は、町で話題だ。川野は昼間しか営まず酒も出さないが、気さくなお客たちでいつも賑わっている。普段はお純が切り盛りしているが、忙しい時には近所の長屋のおかみさんのお徳《とく》が手伝いにきてくれた。お徳は齢五十のお節介好きで、お純夫婦に「子供はまだなの？」と頻《しき》りに訊《たず》ねてくる。そのようなところは少々面倒だが、普段は人がよく、留守番を引き受けてくれることもあった。

弥助が深川飯を食べている間にも、お客は訪れた。八つから七つ（午後二時～四時頃）の間は、お茶と菓子を楽しみにくるお客も多い。二人連れの若い女のお客は、お純が出した菓子を眺め、目を丸くした。白い羊羹《ようかん》に、砂糖漬けにした菫《すみれ》の花びらを載せたものだ。

「綺麗《きれい》ねえ。食べるのがもったいないわ」

お客たちはうっとりしつつ、桜の花びらを浮かべた桜茶とともに、菫の羊羹を堪能した。

お純が板場に戻ると、弥助が手を伸ばしてきた。

「なかなか好評みてえだな。あっしも一切れもらえねえかい」

「まったく、厚かましいんだから」

お純は唇を尖《とが》らせながらも、羊羹を皿に載せて渡そうとした……その時。店の引き戸が大きな音を立てて開かれた。

「親分、たいへんですぜ！」

下《した》っ引《ぴ》きの新七《しんしち》が駆け込んできたのだ。店にいるお客たちの目が、一斉に新七に集まる。

弥助は急に顔を引き締め、板場から出ていった。新七は齢二十四、弥助を慕《した》い、熱心な働きを見せている。弥助は新七の袂《たもと》を引っ張り、店の外へと連れ出した。お純も後に続く。

「どうした」

「殺しです。門前町の、吉原《よしわら》の妓楼《ぎろう》の仮宅《かりたく》で、花魁《おいらん》が殺られ《や》ました。で、下手人《げしゅにん》はとっくに逃げちまったようです」

弥助の精悍な顔が強張《こわば》る。お純も、神妙な面持ちになった。吉原と聞いて、昔を思い出したのだ。お純はかつて、吉原の仕出し屋で働いていたことがあった。

「よし、分かった。行くぞ」

弥助が低い声を響かせると、お純は気を取り直し、懐《ふところ》から火打石《ひうちいし》を取り出して、弥助の肩のあたりで切り火を打った。厄除《やくよ》けのまじないのようなものだ。

「お前さん、気をつけてね」

「おう。旨いもの用意して、待ってておくんな。羊羹も残しておけよ」

夫婦は目と目を見交わし、頷《うなず》き合う。門前町へと駆け出していく弥助と新七の後ろ姿を、お純は店の前に佇《たたず》みながら見送った。


仮宅とは、吉原で火事が起きた時などに、吉原の外で営業を許された臨時の遊里である。その場所は浅草《あさくさ》や深川に多く、料理屋や茶屋、商家、民家などを借りて営んでいた。

辺鄙《へんぴ》な場所にある吉原よりも浅草や深川のほうが便利であるし、臨時の営業となるため格式にも囚《とら》われず、揚げ代も安価なので、仮宅は繁盛するのだ。趣向が違うのが面白いといって、遊び慣れた通人たちにも好まれていた。

花魁殺しがあったのは、〈紅花屋《べにばなや》〉という妓楼の仮宅だった。その仮宅は、商人の寮（別宅）を買い取って改築したようで、籬《まがき》も作られていた。籬とは格子のことで、張見世《はりみせ》の時には、この内側に遊女が並ぶ。籬は店の格によって惣籬《そうまがき》、半籬、惣半籬と違いがあり、大見世《おおみせ》である紅花屋は惣籬であった。

吉原は江戸町《えどちょう》や京町《きょうまち》などいくつかの町に分かれていて、それぞれに町名主もいる。どうやら京町一丁目が丸ごと焼けてしまったようで、紅花屋のほかにも妓楼の仮宅が集まり、各々の看板が掲げられ、まさに小さな遊里の如《ごと》き趣《おもむき》である。その一角には、艶《あで》やかに咲き乱れる桜の木が並んでいた。

花の香りとともに遊女たちの化粧の匂いも漂ってくるようで、弥助は眉を微かに顰《ひそ》めた。

薄紅色の桜の木の近くに、北町奉行所定町廻《じょうまちまわ》り同心の林田誠一郎《せいいちろう》の姿があった。齢二十八、端整な顔立ちですらりとした誠一郎には、黒羽織がよく似合う。誠一郎の隣に立っている番頭風の男は、妓楼の者と思われた。

花魁殺しの噂《うわさ》はあっという間に広まったのか、仮宅の前には野次馬《やじうま》たちが集まっている。弥助と新七はそれらを掻《か》き分け、進み出た。

「旦那、お待たせして、すみやせん」

「いや、私も今来たところだ。中へ入ろう。……部屋は、見つかった時のままにしてあるだろうな」

誠一郎に問われ、紅花屋の番頭は青褪《あおざ》めた顔で頷いた。

「はい。まったく弄《いじ》っておりません」

「よし。では、邪魔するぞ」

番頭に連れられ、三人は仮宅の中へと入っていった。

紅花屋は大見世ということもあり、仮宅といえども豪華に飾られていた。

「ご苦労様でございます」

紅花屋の主人とその内儀《ないぎ》も、誠一郎や弥助たちに深々と頭を下げる。夫婦揃《そろ》って、血の気が引いていた。

香《こう》を焚《た》きしめているのか、広い廊下にはよい香りが漂っている。あちらこちらに屏風《びようぶ》も置かれていた。その廊下を真っすぐに進み、途中の階段を上がったところの奥から二番目が、花魁の死体が見つかった部屋だった。

山紫水明《さんしすいめい》が描かれた襖《ふすま》は、開けられたままになっている。そこへ踏み込み、弥助たちは思わず息を呑《の》んだ。

艶やかな濃紅《こいくれない》色の仕掛け（打掛《うちかけ》）を纏《まと》った花魁の、雪のように真白《ましろ》なうなじが血に染まっていた。下手人はそこを短刀か何かで突き刺し、引き抜いたと思われた。

部屋は十畳ほどで、畳には柿茶色の毛氈《もうせん》（絨毯《じゆうたん》）が敷かれており、その上に花魁は崩れるように倒れていた。うなじから流れた血が、髪の毛や喉元《のどもと》で固まっている。その血の色や、花魁の躰の冷たさからも、殺されて数刻経《た》っていることは明らかだった。

誠一郎がふらりと躰を揺らしたので、弥助が後ろから支えた。誠一郎は同心だというのに、死体や血を見ることがまったく苦手なのだ。なんとも情けないが、それゆえ検分は、弥助の出番となる。

「旦那、任せておくんなせえ」

弥助は誠一郎に小声で告げると、死体に近づき、顔を見るために動かした。蠟《ろう》のように白い顔は、人形の如く整っていたが、かっと開かれた大きな目と、血がついた口元が禍々《まがまが》しい。刺された時に、吐血もしたようだ。

紛《まぎ》らわしい色合いだが、毛氈にも血が飛び散り、滲《にじ》んでいる。

弥助は奥へと行き、寝床を探った。

――花魁が着ていたものにも、布団にも、まったく乱れがねえ。同衾《どうきん》の前に殺《や》られたってことか。

殺された花魁が売れっ妓《こ》だったであろうことは、衣裳《いしょう》や髪に挿《さ》した簪《かんざし》などからも窺《うかが》われた。

不思議だったのは、逃げたであろうお客が揚げ代をきちんと置いていったことだ。紙に包まれて、煙草盆《たばこぼん》の上に置かれていた。

凶器らしきものはどこにも見当たらなかった。やはり下手人が持ち去ったのだろう。

一通り部屋を見て、弥助は番頭に訊《たず》ねた。

「この死体を見つけたのは、いつだい」

「は、はい。半刻《はんとき》（およそ一時間）ほど前です。午《ひる》を過ぎてもなかなかお客様が出ていらっしゃらないので、声をかけに参りましたら、この有様で」

「午前《ひるまえ》に起こしにいかなかったのか」

「はい。居続け（連泊）ということで承《うけたまわ》っておりましたので、あまり声をおかけしてもお邪魔になるかと思いまして」

おどおどしながら、番頭が答える。弥助は障子窓に目をやった。

「全開になっているところを見ると、ここから飛び降りたって訳か」

弥助は窓に近づき、見下ろした。それほど高くはないし、庇《ひさし》があるので、そこを足掛かりにすれば、できなくはないと思われた。位置的に、ここから飛び降りると、惣籬の前あたりに着地するだろう。

弥助は新七に告げた。

「窓の下に行って、地面の様子を見てきてくれ」

「合点《がってん》です」

新七は頷き、直《ただ》ちに下へと向かう。弥助は再び番頭に訊ねた。

「この花魁は、なんて名だったんだ」

「朝霧《あさぎり》でございます。うちの妓楼では二番手の売れっ妓《こ》でございました」

「稼ぎ手だったんだな」

「さようでございます。二十歳になったばかりで、まだこれからでしたのに……なんてことに」

番頭は項垂《うなだ》れ、主人夫婦は唇を嚙《か》み締める。朝霧が纏っていた衣裳《いしょう》を見ても、稼いでいたことはよく分かる。重ね着した仕掛けも、前結びにした帯も、すべて綸子《りんず》や緞子《どんす》で揃えられていたからだ。

弥助は屈《かが》み込んで、もう一度、死体とその周りをよく見てみた。そして気づいた。柿茶色の毛氈に、血文字が遺《のこ》されていたことに。朝霧の右手の中指が血で染まっているところを見ると、自分で書いたものだろう。弥助はじっくりと眺め、誠一郎に声をかけた。

「旦那、これは〝月〟って字ですよね。その次の字は〝チ〟でしょうか」

誠一郎は恐る恐る確認した。

「歪《ゆが》んでいるが、上の文字は〝月〟で間違いないだろう。下の文字は〝千〟に見えるが」

「月千、と書き遺したってことですか。どういう意味なんでしょう」

「もしや逃げた男ってのは、月に千両稼ぐ役者、ってことだろうか」

顔を蒼白《そうはく》にしながらも、誠一郎は頭を働かせる。だが弥助は首を捻《ひね》った。

「確かに千両役者とはいいやすが、あれは年に千両稼ぐっていう意味ではありやせんか？　さすがに月に千両、月千役者ってのは聞いたことがありやせん」

「まあ、それもそうだな」

手下に鋭く指摘され、誠一郎は思わず肩を竦《すく》める。

二人が考え込んでいるところへ、奉行所から小者がやってきて、朝霧の死体を戸板に載せて運んでいった。これから医者に検《あらた》めてもらうのだ。

弥助は番頭に了解を得て、もう一度部屋を隅々まで見た。だが、仮宅だからか、目を引くほど高価なものは置かれていなかった。

弥助は番頭に訊ねた。

「火事は、いつ頃、どのあたりで出たんだ」

「昨年の末頃でございます。火の元は、うちの隣の妓楼だったんです。それで、ずいぶんと痛手を被《こうむ》りました。皆、逃げるのに必死でしたが、遊女の中にはお客様に手伝ってもらって、衣裳などをどうにか運び出した者もいました。朝霧もそうでした」

「ここに敷いてある毛氈は新しく買ったのか」

「さようでございます。朝霧には、これぐらいのものをすぐに買ってくださるお客様はおりました」

「なるほどな。……だいたい分かったから、下りて待っていてくれ。あっしたちはここをもう少し見たいんで」

「かしこまりました」

番頭と主人夫婦が出ていくと、弥助は身を屈めて、毛氈を再びじっくりと眺めた。血の痕《あと》が生々しいところから察するに、下手人も返り血を浴びていると思われた。

――羽織を纏えば、誤魔化せるかもしれねえな。

考えを巡らしながら、弥助は絨毯に何かが転がっているのを見つけた。拾い上げ、じっくりと眺める。それは、薄茶色の塊《かたまり》だった。平べったく、縦横二寸（およそ六センチメートル）足らずの大きさである。鼻に近づけると、微かに甘い、菓子のような匂《にお》いがした。

誠一郎が弥助に声をかけた。

「それは何だろう」

「たぶん、食いもんだと思いやす。毛氈と色が似通っていて、気づきやせんでした」

「下手人が落としていったんだろうか」

「これが転がっていたのは、花魁が倒れていたところと障子窓の、ちょうど真ん中あたりです。そうかもしれやせんね」

二人は目と目を見交わす。

――食い物ならば、お純に見せれば、何か気づくかもしれねえ。

弥助はそう思いつつ、落ちていたものを紙に包んで、袂《たもと》の中へと仕舞った。そこへ、新七が戻ってきた。

「親分、窓の下を見てみましたが、ちょっと妙ですぜ」

「どういうことだ」

「足跡はあるんですが、男が飛び降りたにしては、はっきりしていないといいますか。たとえ庇を足掛かりにしたとしても、もっと跡がくっきり残ると思うんですが」

弥助は顎《あご》を撫《な》でた。

「うむ。小柄な男だったんだろうか。もしくは……丈夫な紐《ひも》のようなものを窓から垂らして、それを摑んで、滑り落ちるように降りたかだな」

「ああ、そうか。その手がありますね」

新七は額《ひたい》を手で打つ。誠一郎は腕を組んだ。

「いずれにせよ、その者がどのような男だったかなど、そろそろ妓楼の者たちに話を聞くことにするか」

「承知しやした」

弥助と新七は頷いた。

三人は朝霧の部屋を出て、一階に向かった。

階段の下のところに番頭がいて、主人夫婦の内証《ないしょう》へと案内してくれた。内証とは、遊女屋で主人がいる部屋である。そこへ通されて座ると、誠一郎は新七に耳打ちした。

「お前は外に出て、襖の前に立っていてくれ」

ほかの者たちに話を聞かれないよう、部屋の前で見張っていろということだ。

新七は目配せし、素早く廊下へと出た。

誠一郎と弥助は姿勢を正し、改めて主人の権蔵《ごんぞう》と向き合った。

妓楼の主人は亡八《ぼうはち》とも呼ばれる。人として大切な「仁義礼智忠信孝悌《じんぎれいちちゆうしんこうてい》」を仕事柄忘れているという意味だ。非情な者と相場が決まっているが、権蔵はやけに腰が低かった。稼ぎ手の花魁が殺されて、相当に憔悴《しょうすい》していると思われる。女房のお豊《とよ》も一緒に、話を聞くことにした。

誠一郎は軽く咳払《じきばら》いをして、訊ねた。

「殺された朝霧のことを教えてくれ。また、どのような経緯《いきさつ》でこの見世に来たのかも、話してほしい」

「はい……。証文《しょうもん》に書かれていた本名は、八重《やえ》です。五年前、十五の時に、父親が博打《ばくち》で作った借金の形《かた》に売られてきました。女衒《ぜげん》がうちに連れてきたので、どういう育ちか詳しくは知りませんでしたが、もとは裕福な暮らしをしていたようです」

「父親の放蕩《ほうとう》で、没落したという訳か。江戸育ちだったのか」

「そのようです。訛《なま》りなどはまったくありませんでした。稽古事も一通りは嗜《たしな》んでいたのでしょう、踊りや琴《こと》、書道など巧《うま》いものでした。どこかの大店《おおだな》の娘だったのかもしれれません」

「本人は、育ちのことを鼻にかけたりはしていなかったか」

「それはございません。控え目でしたよ。……あれほど人気がありましたのにね」

権蔵は肩を落とし、大きな溜息《ためいき》をつく。その横で、お豊が声を絞り出した。

「朝霧は、それは華があって、綺麗《きれい》でしたよ。そろそろ一番手を追い越して、呼び出し昼三《ちゆうさん》になるのではなんて、この人とも言っておりましたのにね」

お豊は洟《はな》を啜《すす》り、目を伏せる。お豊は齢四十ぐらいだろうか、仇《あだ》っぽい色香が漂い、芸者あがりのようにも思われた。

ちなみに呼び出し昼三とは、花魁道中ができる最高の位の花魁のことだ。

誠一郎は夫婦を見据《みす》えながら、さらに訊ねた。

「優れた花魁だったという訳だな。ならば、朝霧を妬《ねた》んでいた遊女もいたであろう」

権蔵はうつむいたまま、上目遣《うわめづか》いで、誠一郎をちらと見た。齢五十ぐらいだろう、鼻の横に大きなイボがある。

「それは、まあ、朝霧を疎《うと》ましく思っていた者もいたでしょう。花魁と張見世遊女では、まったく違いますしね」

「うむ」

誠一郎は出されたお茶を一口啜り、話を変えた。

「ところで、逃げた客というのは、いったいどこの誰だ」

権蔵は項垂れた。

「それが……申し訳ございません。私どもも、はっきりとは分からないのです。そのお客様がうちにいらっしゃるようになったのは、つい最近のことで」

お豊も口を挟《はさ》んだ。

「ここで仮宅営業を始めてから、通ってくるようになったお客様でした。商人だとは思っておりましたが、どこで働いているかまでは、ちょっと」

仮宅営業ゆえに、お客に対する吟味《ぎんみ》も、それほど厳しくはしていなかったようだ。

「いつからここで営んでいるのだ」

「昨年の末に火事が起きて、すぐこちらに移って参りました。この仮宅は、いざという時のために、前々から作ってありましたので」

「二月半《ふたつき》ほど前からか。その客もそれぐらいから来ていたのか」

「今年に入って、少ししてからですね」

「仮宅ゆえ幾分安く済むようだが、それでも花魁遊びをするには、ある程度の金は必要だろう。どこぞの大店の旦那だろうか」

「若旦那かもしれません。齢三十五、六といったところでしたから。洒落《しやれ》た方で、とにかく羽振りがよろしかったですよ」

誠一郎と権蔵の遣り取りに、お豊が再び口を挟んだ。

「背が高くて、少しふくよかな、色白の二枚目でいらっしゃいました。歳もそれほどいっていないので、朝霧もお客様のことを気に入っているようでした。一度遊びにきただけで深い仲になってしまったようで、いらっしゃるたびに、嬉々《きき》として迎えていましたよ。それで私、一度あの子に注意したことがあったんです」

誠一郎は腕を組んだ。

「どのようなことをだ」

「本気になっちゃいけないよ、って。惚《ほ》れたりしたら、痛い目に遭《あ》いますからね。……あの子、しつこく迫って揉《も》めたのでは。それで、こんなことに」

お豊は顔を青褪《あおざ》めさせる。今度は弥助が訊ねた。

「その逆ってことはありやせんかね。お客が身請《みう》けしたいとしつこく迫ったのに、朝霧花魁がどうしても承知しなかった。それでお客が逆上して殺《あや》めてしまった、ってのは。朝霧花魁には、ほかのお客との身請け話などはなかったんですかい」

権蔵とお豊は顔を見合わせ、首を傾《かし》げた。

「私どもには、朝霧のほうが執心しているように見えましたが。もしかしたら、親分さんが仰《おつしや》るように、朝霧はお客様を手玉に取っていたのかもしれません。貢《みつ》がせてもいたようですし」

「身請け話は、ない訳ではありませんでした。でも、あの子は飛ぶ鳥を落とす勢いでしたから、まだ働いてもらいたくてね。よほどのよい条件でなければ承知できないと、こちらが渋っているうちに……こんなことになってしまって」

お豊は指で目元を拭《ぬぐ》う。消沈している夫婦を交互に眺め、誠一郎は息をついた。

「なるほど。朝霧とその客の間で何か問題が起きたということで、間違いないだろう。一応、ほかの者たちにも話を聞きたいので、呼んでもらえるか」

「かしこまりました」

　権蔵とお豊は深々と礼をして、腰を上げようとしたところで、思い出したように、お豊が手を打った。

「逃げたお客様ですが、目の下に黒子《ほくろ》がございました。ええっと、どちらの目だったでしょう……」

「確か、左目の下だったと思うが」

　権蔵が口を挟むと、お豊は大きく頷いた。

「ああ、そうです。左目の下です。割と大きめの、目立つ黒子がございました」

　誠一郎と弥助は姿勢を正した。

「それだけの手懸かりがあれば、似面絵《にづらえ》が作れそうだ。その折には力添えしてもらいたい」

「もちろんでございます」

　恭《うやうや》しく礼をする夫婦を、誠一郎は見据えた。

「ところで、朝霧は血文字を遺していたんだ。月千、と書かれていた。この言葉に、何か心当たりはあるか」

　夫婦は顔を見合わせ、ともに首を傾げた。

「いえ……ございません」

二人とも真に、月千の意味は分からぬようだった。月や千の字が名につくお客にも心当たりはないらしい。

次に来たのは、番頭の与三郎《よさぶろう》だった。四十代半《なか》ばぐらいで、やはり憔悴しているものの、主人夫婦よりは気丈に見える。

与三郎と入れ替わりに、弥助は部屋を離れた。以降の取り調べは誠一郎に任せ、仮宅の外で聞き込みをするためだ。主人夫婦から下手人と思《おぼ》しき男の特徴を聞いたので、早速取りかかる。

道を行く者たちだけでなく、ほかの仮宅の番頭や若い衆にも訊ねてみたが、男の手懸かりはなかなか摑めなかった。このような狭いところで、なぜか見た者が一人もいなかったのだ。

——下手人は、やはり朝霧を殺してすぐにあの仮宅を離れたに違いねえ。

そこで、近くの木戸番をあたってみたが、不審な男に気づいた者はいないようだった。

——煙のように消えちまったって訳か。よほど巧く逃げたんだな。

弥助は唇を嚙む。割とすぐに見つけられるかと思ったが、時間がかかるかもしれないと、不安が過《よぎ》った。

うろうろと探っていると、取り調べを終えた誠一郎が新七とともに声をかけてきた。

「どうだ。何か分かったか」

「それらしき男を見たって者がいなくて。旦那、すみやせん」

頭を下げる弥助の肩を、誠一郎は叩《たた》いた。

「まあ、仕方がない。逃げ足がよほど速かったのだろう。明日、紅花屋に絵師を連れていって、似面絵を作ろう。それを手に廻《まわ》れば、また違ってくると思うぞ」

「はい。必ず見つけやす」

弥助は顔を引き締め、頷く。そして袂から、朝霧の部屋に転がっていたものを取り出した。

「これは本当に、下手人が落としていったんでしょうかね」

「うむ。食べ物だとして、包みから転がり出たんだろうか」

「下手人はおそらく手土産のつもりで、この食い物の包みを朝霧に渡したんでしょう。そして朝霧は一つか二つ食い、もしや眠り薬のようなものが入っていて寝かかったところで、刺されたとも考えられやせんか。下手人はもちろん証《あかし》を消すために、包みを持ち帰ろうとしたけれど、慌てていたので一つ落としてしまった。そんなところではねえでしょうか」

「ならば、これを売っている店が分かれば、下手人を突き止めることができるかもしれんな。その線からも探ってくれ」

「かしこまりました」

弥助は食べ物らしきものを二つに割り、半分を誠一郎に渡した。

「これに毒や眠り薬が入っていないか、調べてみてくだせえ。あっしもお純に見せてみやすんで」

誠一郎は顔を少し顰《しか》めた。

「くれぐれもおかみさんに、味見させたりするなよ」

「分かっておりやす。でも、あいつなら、見ただけでも何が入っているか、分かるような気がするんですよ」

弥助はそう答えつつ、残りの半分を袂に仕舞った。

三人は蛤町へと向かい、黒船橋《くろふねばし》のたもとで誠一郎と別れた。このあたりの桜も、今を盛りに咲いている。川野へ戻る途中、酔っ払いたちが喚《わめ》きながら野良犬を追いかけているのを目にすると、新七は眉根を寄せた。

「親分、物騒《ぶっそう》なことが多いですね。今日も十万坪《じゅうまんつぼ》の近くで、また見つかったみたいですぜ。大八車《だいはちぐるま》で轢《ひ》き殺されたような、ぐちゃぐちゃになった猫の骸《むくろ》が」

数月前から、犬や猫や鳥のそのような死骸が、よく見つかるのだ。

「頭のおかしな奴が、痛めつけて殺しているんだろうか。許せねえ。その下手人、もし見つけたら、ぶん殴《なぐ》ってやる」

生き物、特に犬好きの弥助は、いきり立つのだった。


家に戻った時には既《すで》に薄暗く、店はもう仕舞っていた。弥助が戸を叩いて声をかけると、お純が心張り棒を外して開けてくれた。

「お前さん、お帰りなさい」

弥助の姿を見て、お純の目尻はさらに下がる。

「おう、ただいま。腹が減って堪《たま》らねえから、何かささっと作ってくれねえか。こいつにもお願いするぜ」

弥助が顎《あご》で指すと、新七は頭を掻いた。

「えへ、どうも。いつも、すみません」

「新ちゃん、遠慮しないで！　ほら上がって」

「おかみさんがそう言ってくださるんでしたら、ありがたく」

新七は恐縮しつつも、弥助とともに、いそいそと座敷に腰を下ろす。お純は二人にまずは酒を運んだ。

「お疲れさま」

「旨いっ」

お純に注がれた酒を呑み干し、二人は大きく息をついた。

「生き返ります」

「ちょっと待っててね」

板場へ戻ろうとするお純に、弥助は声をかけた。

「物騒なことがあるから、お前も気をつけろよ。戸締まりはしっかりしとけ」

「分かってるわ。……確かに、近頃、時々おかしな音が聞こえてくるのよね」

怪しげな音が時たま響いてくるようになったのは、昨年の秋頃からだ。遠くから聞こえるので、身の危険はそれほど感じないが、やはり気味が悪い。弥助も腕を組んだ。

「うむ。たまに聞こえてくるが、あれはいったい何なんだろうな」

「でも、響いた後に事件が起きたなんて話は聞こえてきませんので、それほど心配することはないのでは」

「そうだな。でも、まあ、いろいろ気をつけておけ」

「はい、お前さん。しっかり戸締まりするわね」

お純は二人に微笑《ほほえ》むと、板場へと行き、手際よく取りかかった。芝海老《しばえび》を使った包み揚げだ。饂飩粉《うどんこ》を水で溶いて作る薄い皮は、もうできているので、包む具を作る。

芝海老は、弥助の父親の弥五郎《やごろう》が持ってきてくれたものだ。深川漁師である弥五郎からは、よく獲《と》れたての魚をもらうなどしている。

芝海老を擂《す》り潰し、筍《たけのこ》と葱《ねぎ》と生姜《しょうが》を細切りにして、すべてを混ぜ合わせる。それをいくつかに分けて、薄皮で丁寧に包み、細長く形作る。そして油でからっと揚げる。狐色《きつねいろ》に変わったら、できあがりだ。

芳《こう》ばしい香りが漂う揚げたてのそれを皿にたっぷり盛って、弥助と新七に運んだ。二人は皿を眺めて、目を瞬《しばたた》かせ、唇を舐《な》めた。

「こりゃ酒に合いそうだ」

「早速いただきます」

「熱いから気をつけてね」

弥助と新七は口一杯に頰張《ほおば》って、相好を崩す。お純の顔にも笑みが浮かんだ。

弥助はあっという間に一つ食べ終え、大きな声を上げた。

「お純、飯も持ってきてくれ！　漬物も頼む」

「あ、確かに。旨過ぎて、酒だけじゃ足りません」

「漬物は、芹《せり》の甘酢漬けでもいい？」

「おう。あの、蒲鉾《かまぼこ》も入ってるヤツだろ？　あっしの大好物じゃねえか」

お純は目尻を下げて頷き、板場へと小走りに向かった。

新七がお腹を満たして帰ると、お純と弥助は二階へ上がって寛《くつろ》いだ。酒を呑む弥助の傍《かたわ》らで、お純は揚げ物のあまりで夕餉《ゆうげ》を済ませる。弥助の今宵《こよい》のつまみは、取っておいてもらった菫の羊羹だ。

ご飯を頰張るお純を眺めながら、弥助は、今日の事件のことを話し始めた。

「吉原の妓楼の仮宅で、花魁が殺されたんだよ」

弥助がお純に惚《ほ》れた理由の一つに、お純の勘の鋭さがある。これまでも事件解決のために、その勘を頼りにすることがあった。今回は特に吉原に関することなので、そこで働いていたお純ならば、何か気づくかもしれないと思ったのだ。

お純は米粒がついた口元を指で拭いながら、訊ねた。

「なんていう妓楼なの」

「紅花屋だ。吉原では京町一丁目にあるそうだ」

お純は目を見開き、言葉を失った。昔、自分が身を寄せていた妓楼だったからだ。かつてのことがいろいろと思い出され、懐かしくなった。

陸奥国は仙台《せんだい》藩の百姓の家に生まれたお純は、両親を相次いで病《やまい》で喪《うしな》い、祖父母や弟や妹たちと引き裂《さ》かれ、貧しさゆえに十二の時に吉原へ売られたのだ。お純の故郷は、天明《てんめい》の大飢饉《だいききん》（天明二～八年、一七八二～一七八八）の時に吉原の人買いが荒らし回った地で、それ以降も貧しい家は目をつけられていた。その人買いに、少し呆《ぼ》けてきていた祖父母が騙《だま》される形で、お純は売られることになった。お純は妹や弟たちを守るべく、涙を呑んで故郷を離れた。

そして吉原の妓楼で禿《かむろ》として見習いを始めたが、痩せっぽちでソバカスが多いという容姿の難点が、次第に顕《あら》わになっていった。故郷では畑仕事を手伝っていたために日焼けして紛《まぎ》れていたが、江戸に来て肌が白くなるにつれ、ソバカスが目立ち始めたのだ。

また、お純は媚《こ》びを売ることが苦手で、気性も向いていなかった。お客にからかわれたり、艶っぽいことを言われると、気の利《き》いた返事ができずに、顔を強張らせてしまう。おまけに、いつまで経《た》っても所作が垢抜《あかぬ》けず、踊りや琴などの稽古事も不得手で、色気も皆無で、ついに主人夫婦に「遊女には相応《ふさわ》しくない」と見なされ、その時にちょうど足りなかった台所の下働きに回された。お純は故郷で、いつも家族の分の料理を作っていたので、その才には長《た》けていたのだ。

そうは言っても、年頃の娘が、台所に回されるのはなかなかの屈辱だった。妓楼にいるほかの娘たちに蔑《さげす》まれることもあった。そのように辛い思いをしつつも、お純は手にあかぎれを作って、必死で働いたのだ。

初めは妓楼の台所にいたが、やがて仕出し料理屋へと移り、ある人と知り合ったことが縁で、幸運にも吉原の外に出ることができた。

このようにお純は、来し方は決して平坦とは言えず、苦労もあったのだ。だが、その時があったからこそ今があるのだと、自分でも分かっている。それがゆえにお純にとって吉原であったことは、ほろ苦くも、どこか甘やかな思い出なのだ。

往時を振り返りつつ、お純にある懸念が浮かび、弥助に訊ねた。

「殺《あや》められた朝霧花魁って、いくつぐらいの人？　どんな顔をしていたの」

お純の矢継ぎ早の問いに気圧《けお》されつつ、弥助は答えた。

「二十とか言っていたな。瓜実顔《うりざねがお》で、目尻が少し上がって鼻が高い、人形みたいな顔立ちだったぜ。本名は八重で、江戸で生まれ育ったらしいが……心当たりがあるのか」

弥助の話を聞いて、お純はひとまず胸を撫《な》で下ろした。

「ううん。それならいいの。私の知っている人とは、まったく別の人みたい。……まあ、私が紅花屋を離れる時に、その人もお見世を変わってしまったから、今は紅花屋にいる訳がないわよね」

「店を移っちまったのか」

「ええ。お夏《なつ》ちゃんっていって、私と故郷が同じだったの。一緒に売られてきたのだけれど、お夏ちゃんはとても綺麗な子で、お稽古事もとにかく何でもできて、あっという間に禿の筆頭になってしまったわ。私より二つ年下なのに、大きな差をつけられちゃった」

苦笑いするお純を、弥助は優しい目で見つめる。

「でもね、私、悔しくなんか、ちっともなかった。だって、お夏ちゃんって、女の私が見ても、本当に魅力があったから。お夏ちゃんの噂は吉原中に広まって、随一の花魁になるに違いないとのことで、見世同士で引き抜き合いがあったのよ。それで確か、江戸町一丁目の大見世が紅花屋にお金を積んだの」

「その大見世で、花魁になったんだろうか」

「もちろん。私が吉原を去る頃、花魁道中をしているお夏ちゃんを、一度見かけたことがあったもの。真っ白で、華やかで、この世のものとは思えないほどに美しくて、天女《てんにょ》みたいだった。玉菊《たまぎく》花魁、って呼ばれていたわ」

その時のお夏の姿を思い出し、お純は目を細めた。

「で、そのお夏って子とお前は、別々の道を歩んでいったって訳だな。お夏はまだその大見世にいるんだろうか。お前より二つ下ってことは、今、二十四か」

「とっくに身請けされているのではないかしら。大金持ちの、大商人とかに」

「江戸町一丁目の、玉菊花魁か。機会があったら、訊《き》いといてやるよ」

お純に注いでもらった酒を呑み、弥助は息をついた。

「しかし、お前がいた妓楼が紅花屋だったとは驚いたぜ。これは是が非でも、下手人を見つけ出して、捕らえなければならねえな」

「お前さん、お願いします」

お純は弥助に、殊勝《しゅしょう》に頭を下げる。弥助は胸を叩いた。

「任せとけ。ところで、紅花屋の権蔵とお豊ってのは、信じられるような者たちかい？　お前がいた頃も、そいつらがやっていたのか」

「その二人が主人夫婦だったわ。まあ、二人とも、いわゆる妓楼の主人とお内儀よ。私は遊女の才はまったくなかったから、さんざん怒られたっけ。でも今にして思えば、さっさと見切ってくれて料理をさせてくれたから、それには感謝しているわ」

「あの夫婦、人を見る目はあるようだな。お前が遊女向きではないと忽《たちま》ち見抜いたってことは、なかなかできる奴らだぜ」

感心したように頷く弥助に、お純は頰を膨《ふく》らませる。

「なにもお前さんまで、そんなことを言わなくてもいいじゃない」

「ふん。本当のことだろうが。お前に花魁の恰好《かっこう》なんか、似合う訳ねえよ」

「なによっ、私だってその気になれば似合うわよ、きっと」

するとと弥助はお腹を抱えて笑った。

「似合わねえ、似合わねえ。やめておけって」

「そんなに笑って、失礼ね」

お純はむっとして、ますます頰を膨らませる。弥助はお純の頰を、指で軽く突いた。

「無理するなって。お前には、岡っ引きのかみさんの恰好が、一番似合ってんだからよ」

「……まあ、そうかもしれないけれど」

お純は唇を尖《とが》らせながらも、素直に頷く。弥助はお純に微笑み、袂から例の食べ物らしきものを取り出した。

「これは、殺された朝霧の部屋に遺されていたものだ。食い物かもしれねえ」

弥助が持つ、平べったい薄茶色のそれを見つめ、お純は首を傾げた。

「ちょっとよく見せて」

「ほら」

弥助に渡され、お純はまじまじと眺めた。角を少し、指で押し潰す。硬いけれど、ほろほろと崩れた。お純は粉々にして、指を鼻に近づけ、嗅《か》いでみた。

「饂飩粉と胡麻《ごま》が入っているわね。卵の黄身も。砂糖の匂いもするわ。これはたぶん、お菓子だと思う」

「やっぱりそうか」

「いろいろなものを混ぜ合わせて、焼いて作ったのね。どれ」

お純は一口齧《かじ》る。弥助は慌てて止めた。

「おい！　やめとけ。ほら、吐き出しな」

弥助がお純の口に手を伸ばそうとすると、お純は身を躱《かわ》し、味をよく確かめてから呑み込んだ。

「あっ、呑んじまった。吐き出せ、早く」

弥助はお純の顔を摑んで、口を開けさせようとしたが、お純はけろりとして微笑んだ。

「大丈夫、毒は入っていないわ。匂いで分かるもの」

「本当に大丈夫か」

「平気よ。というか、躰によいもので作られているんじゃないかしら。ハト麦の味もしたもの」

「一片食っただけで、ハト麦ってことまで分かっちまうのか」

弥助は目を瞠《みは》る。

「まあ、料理のことは私の取り得《え》だから。饂飩粉、雪花菜《きらず》、ハト麦、卵の黄身、砂糖、胡麻は入っていると思うの。あと、二つぐらい入っていそうだけれど、まだちょっと摑めないわね。一つは何かの油だと思うのだけれど」

「胡麻油《ごまあぶら》じゃねえのかい」

「それならば、すぐ分かるわ。何か、違うのよね。いったい何の油だろう。普通は、食べ物に使わないような油かしら」

お純は首を傾げる。

「でも食べ物に使っても、差し支《つか》えないんだろうな。だって、お前、ちっとも具合が悪そうになってねえもん」

「そうね。やはり躰によいもので、できているのよ」

「まあ、雪花菜にしろ、ハト麦、胡麻、卵と、滋養《じよう》があって、確かに躰によさそうだよな」

「朝霧さんは花魁だったのですもの。きっと、躰だけではなく、美にもよいものを摂《と》るようにしていたのよ。美を競い合ってこその、花魁ですもの」

「なるほど。躰と美に効き目のある菓子か。それを売っている菓子屋を見つけ出せれば、下手人の手懸かりを摑めそうだ。お前、そのような店を知らねえか。もしや、月千って名前の店かもしれねえ」

お純は少し考え、答えた。

「心当たりはないわねえ。最近できたお店かしら。もともとは上方《かみがた》かどこかで営んでいたお店で、江戸に暖簾《のれん》分けを出したのかも」

「逃げた男は若旦那風って話だから、もしや菓子屋の主人なのかもしれねえな」

お純は弥助を見つめた。

「ねえ。妓楼の人たちに取り調べをしたんでしょう。詳しく聞かせてよ」

どうやら推測好きの心に、火がついたようだ。弥助は逃げた男の特徴をお純に話した。

「逃げた客は、背が高く、少しふくよかな、色白の二枚目で、齢は三十五、六で、若旦那風に見えたと。目の下に黒子があったというのも、皆、覚えていたが、左右の目のどちらだったかは答えにばらつきがあったみてえだ」

「そこまでは、さすがに詳しく覚えていなかったという訳ね。林田様は、誰に話を訊いたのかしら」

「主人夫婦のほかは、番頭、朝霧の世話をしていた振袖新造《ふりそでしんぞ》の二人、若い衆の中から二人、不寝番《ねずばん》、遣手《やりて》、そのほか幇間《ほうかん》（男芸者）や顔見世遊女、三番手の花魁など十人ほどだ」

「朝霧さんは二番手だったのでしょう。一番手の花魁の人には訊かなかったの？」

「ああ。朝霧の死に衝撃を受けたみてえで、寝込んじまってて話ができる状態ではなかったそうだ。仮病《けびょう》かもしれないと思って、旦那は部屋に乗り込んだらしく、顔を見ることはできたようだがな。旦那は、また改めて話を聞くと仰っていた」

「一番手の人は、なんていう名前なのかしら」

「朧月《おぼろづき》と言っていたな。たいそう美しくて人気があるようだが、ほかの者たちの証言によると、朝霧との仲はよくなかったそうだ」

お純と弥助の目が合う。弥助は酒を呑みながら、証言をかいつまんで伝えた。

「まず番頭の与三郎によると、朝霧がやたらと張り合ってくるので、朧月は辟易《へきえき》していたらしい。朝霧はこのところ飛ぶ鳥を落とす勢いだったので、追い抜かされるのではないかと、朧月は内心ひやひやしていたんじゃねえかと言っていたようだ。番頭だけあって、逃げた男が着ていたものまでよく覚えていたぜ。茄子紺《なすこん》色の着物に、黒の帯を結んで、濃鼠《こいねず》色の羽織を纏っていたと」

「与三郎さんがまだ番頭を務めているのね」

久しぶりにその名を聞き、お純は感慨深げに目を細める。続けて弥助は、朝霧の世話をしていた振袖新造の夕月《ゆうづき》と夕霧《ゆうぎり》の証言を伝えた。

「その二人も、番頭とは少し言い方が違っていたが、やはり朝霧と朧月の不仲を語っていたそうだ。こんなことも言っていたらしい。どうして逃げた男は揚げ代を置いていったのだろう、もしや男はただ帰っただけで、その後でほかの誰かが朝霧を刺したのではないかと」

つまりは、妓楼の中に下手人がいるとも考えられるということだ。

弥助の話を聞きながら、お純は垂れ気味の目尻を微かに上げた。

「そうすると、朝霧さんと確執があったらしい、一番手の朧月さんに疑いがかかることになるのかしら」

「そうなっちまうな。だが次に話を聞いた、若い衆の二人は、また少し違ったような証言をしたらしい。竜太《りゅうた》と昇二《しょうじ》という、ともに三十手前の男。竜太は色黒で大柄、昇二は色白の優男とのことだ」

若い衆とは、妓楼で働く男の奉公人である。お純に覚えがないところを見ると、二人とも彼女が紅花屋を去った後に来たようだ。

竜太は、朝霧と朧月の確執を話しながらも、朧月に同情を見せていたという。花魁同士ならば張り合うのも仕方ないだろうが、朝霧は勝気過ぎた、と。

他方、昇二は朝霧の肩を持っていたようだ。朝霧は疲れが溜《た》まると不機嫌になることもあったが、いつもは自分たちにも気さくに話しかけてくれる優しい姐さんだった、と。

「竜太さんは朧月さんに、昇二さんは朝霧さんに好意を持っていたということかしら」

「そうかもしれんな。竜太はともかく、昇二はやけに憔悴していたようだ。林田の旦那曰《いわ》く、朝霧のことを話す時、竜太は淡々としていたが、昇二の声は微かに震えていたというからな」

誠一郎が気に懸かったのは、逃げた男についての昇二の証言が、一瞬、皆と食い違ったことだという。

「商人風の貧相な男、と、ぽつりと言ったらしい。竜太は皆と同じく、若旦那風の二枚目の男と言ったのだが。それで林田の旦那が不思議に思って訊き直したところ、少し間があって、昇二はこう答えたようだ。朝霧の客には大店の商人が多く、皆、似たような雰囲気だったので、ほかの誰かと勘違いしているのかもしれない、と」

お純は目をくるりと動かし、ゆっくりと頷く。

「なるほど。単なる勘違いだったのかもしれないわね。……でも、昇二さんの目には、そう映っていたとも考えられるけれど」

「二枚目の若旦那風が、貧相な商人風に見えるもんかな」

「もし昇二さんが朝霧さんに好意以上の思いを抱いていたのなら、相手の男が二枚目だと素直に認められなくて、つい、そのような言い方をしてしまったのかもしれないわ」

つまりは思い込み、偏見ということで、見た者によって、人の印象は違うことがある。

「不寝番の半介《はんすけ》も、朝霧の客は二枚目の若旦那風だったと答えた」

不寝番とは、拍子木を打ちながら二階の廊下を行き来し、徹夜で刻限を告げて回る役目の者だ。不寝番は、遊女の部屋に入って、行灯《あんどん》の油皿に油を注ぎ足す役目もある。ならば何か異変を感じ取ったのではないかと思われたが、気づかなかったようだ。仮宅での営業になってからは仕事が緩くなっていたらしく、見回るのは九つ（午前零時頃）と暁《あかつき》七つ（午前四時頃）の二回ほどで、油を注ぐのも、部屋の外から声をかけて、返事がなければ中には入らなかったという。半介は昨夜、油を注ぎに回る時、朝霧に声をかけたが答えがなかったので、そのまま通り過ぎたとのことだ。

半介は、夜の間は起きていた。昨夜は遅くまで、宴会を開いていた客がいて、その音は響いていたらしい。客たちの騒ぎに紛れて、怪しい物音や悲鳴などは、かき消されてしまったとも考えられた。

「その次に話を聞いたのは、遣手の克江《かつえ》って女らしい。齢四十二、三だそうだ」

お純に覚えがないところをみると、克江も、彼女が紅花屋を去った後に来たのだろう。

「その克江ってのは、いかにも遣手らしく、こう捲《まく》し立てたらしいぜ。一番手の花魁の朧月を真白《ましろ》な薔薇《そうび》に喩《たと》えるならば、二番手の朝霧は真紅《しんく》の薔薇だった。競い合い、ともに咲き誇っていたのに、まったくもって残念だ、とな」

「真白な薔薇と、真紅の薔薇……」

お純は独《ひと》り言《ご》つように、小さな声で、亭主から聞いた言葉を繰り返した。

克江によると、朝霧は薔薇が好きで、花魁の衣裳や襦袢《じゅばん》、半衿《はんえり》などに、自ら薔薇の柄を刺繍《ししゅう》していたという。手先が器用だったようだ。刺繍でも、桜や椿《つばき》、牡丹《ぼたん》の柄はありがちだが、薔薇の柄はあまりないので、自分で刺していたと思われた。

「克江は朝霧のことを褒めていたようだぜ。生まれ持っての美貌に、たゆまぬ努力を重ねて、あっという間に売れっ妓になった、とな。ただ……林田の旦那曰く、その言い方がどこか大袈裟《おおげさ》で、芝居がかって見えたようだが」

お純は小さく頷きながら、酒をまた一口啜る。

二階の様子を常に窺《うかが》っているのが務めである克江も、異変に気づかなかったようだ。自分の部屋で縫物をしながら、九つ過ぎまで起きていたが、叫び声や妙な物音などは聞こえなかったという。宴会の騒ぎは、時折響いてきたらしいが、朝霧の客がいつ帰ったかは、はっきりと分からなかったようだ。

お純は眉根を寄せた。

「なにやら、不思議な話だわ。花魁が殺されて、そのお客が消えたというのに、騒ぎに気づいた者が一人もいなかったなんて」

「林田の旦那も同じことを思ったらしい。すると、克江は答えたとさ。すべて、お狐様の仕業《しわざ》だったのでは。逃げたお客様も案外、お狐様に取り憑《つ》かれて、今頃は……とな」

なにやらぞくっとして、お純は肩を竦めた。ここは七不思議の言い伝えがある深川だ。河童《かっぱ》に遭遇した、狐に化《ば》かされたなどという話に溢《あふ》れている。

「お前さん、気味の悪いことを言わないでよ」

「克江がそう答えたんだから、仕方があるめえ。それで旦那はこう訊いたそうだ。万が一に本当にお狐様の仕業だとして、そのようなものに取り憑かれるほど、朝霧は誰かの恨みを買っていたのだろうか、とな」

するとと克江は急に慎重になり、言葉を選ぶようにして答えたらしい。花魁ですから、期せずして誰かの恨みを買ってしまうなど、よくあることでしょう、と。

「克江の後は、幇間の音ヱ門《おとえもん》や、顔見世遊女の花霞《はながすみ》や浮雲《うきぐも》などに話を聞いたが、大きな収穫はなかったそうだ」

「音ヱ門さんには薄《うっす》ら覚えがあるかしら。花霞さんと浮雲さんは、いくつぐらいなの」

「二十四、五だろう」

「じゃあ、顔を見れば分かると思うけれど。禿の時とは名前が変わっているもの」

「確かにな。ならば、三番手の花魁の若紫《わかむらさき》、って言っても、誰のことかはすぐには分からねえか」

「分からないわねえ。十年以上が経っているから、お夏ちゃんのほかは、どんな娘がいたのかも忘れかけてしまっているし。それに、私は途中から台所に回されて、禿や振袖新造とも気軽に接することは許されなかったのよ」

お純の顔に、不意に影が射す。弥助は徳利《とっくり》を持ち、お純の盃《さかずき》に注いだ。

その若紫も、朝霧と朧月の確執についていろいろ語っていたという。また、朝霧は仮宅に移ってから時折、突然けたたましく笑い出したり、奇声を上げることがあったらしく、若紫はそれを怖がっていたようだ。

「あれはいったい何だったのだろう、何かの祟《たた》りではなかったのかと、若紫は小刻みに震えていたらしい。妓楼の中にも、朝霧はお狐に取り憑かれたのではないかと、本気で疑っている者がいるみてえだな。そして、次に取り憑かれるのは、一番手の朧月なのではないかとも」

「今度は朧月さんの身に何かが起きるというの？」

「そう思っている者もいるようだ。あるいは……朧月も既に取り憑かれていて、それで、朝霧に何かをしたのではないかと」

その時、不意に、お純の目に浮かんだ。白と紅の艶やかな薔薇を、狐が妖《あや》しい目つきで舐めるように眺めている様が。お純は固唾《かたず》を呑《の》んだ。

「逃げた男だけではなく、朧月さんを疑っている者もいるというのね。朧月さんは、その夜、何をしていたのかしら」

「検校《けんぎょう》の客をもてなしていたというが、旦那が仰《おつしや》るに、妓楼の中には朧月への疑いが薄らと漂っていたみてえだ。さすがにはっきり口に出す者はいなかったようだがな。朝霧が遺した血文字に、月、の字があったことも、なにやら疑わしい」

検校とは盲人組織の最高位であるが、それゆえ、隙《すき》を見て動きやすかったことは確かであろう。

お純は首を傾げた。

「でも……朧月さんが下手人だとしたら、月という字を先に書くかしら。私がもし手懸かりを遺すとしたら、〝おぼろづき〟とすべて平仮名で書くと思うけれど」

「うむ。あっしでも、そう書くだろう。〝おぼろ〟ってのは漢字で書くと難しいからな。朝霧は漢字の読み書きができたようだが、それでも死ぬ間際に〝朧《おぼろ》〟なんてややこしい字は書きたくねえだろう。だから一応疑わしくも、朧月が下手人とはもちろん言い切れねえ。やはり逃げた客のほうが臭う」

「月千という語は、逃げた客のほうに関わっているということね」

「うむ。あっしらはそう見ている。それで落としていった菓子があることから、もしや菓子の名か、あるいはそれを売っている店の名なのではないかとな」

お純は盃を微かに揺らしながら、訊ねた。

「仮宅営業をしている見世って、ほかにはないの？」

「京町一丁目が丸ごと焼けたんで、そこの妓楼はすべて仮宅に移っているぜ。仮宅は浅草にも多いみてえだが、今日行った門前町のあのあたりにも集まっている。全部で十軒近くはあるんじゃねえかな」

「松原屋《まつばらや》さんってなかった？」

弥助は、松原屋と小声で呟《つぶや》きながら、顎を撫でた。

「ああ、あった。その名が書かれた看板を、確かに見たような気がするぜ」

「ならば、そこの妓楼のご主人夫婦から、何か聞き出せるかもしれないわ。昔から、お喋り好きで知られていたから。それに、松原屋と紅花屋はあまり仲がよくなかったのよ。だから、紅花屋について知っていることは、いろいろ喋ってくれるでしょう」

「その手があったか。さすがは、お純。ありがとうよ」

亭主に頭を下げられ、お純はちょっぴり得意気だ。

「一時《いっとき》でもお世話になった妓楼が関わっているのだから、何としてでも事件を解決してほしいの」

「分かってらあ。絶対に捕まえてみせるぜ」

意気込む弥助に、お純は笑みを浮かべた。

二　はろ苦い思い出

紅花屋が、お純がいた妓楼と知り、弥助はいっそう探索に力が入った。

懇意にしている絵師を連れて、新七も一緒に再び紅花屋へと赴《おもむ》き、主人夫婦に手伝ってもらって似面絵を作った。

「背が高くて、少しふっくらした色白の二枚目で優しげとくれば、女たらしの見本みてえな男じゃねえか。なるほど、若旦那、って感じだぜ」

絵師がせっせと描く傍らで、弥助は眉根を寄せる。口には出さなかったが、弥助は思った。

——見てくれがよいうえに金を持っているなら、女には不自由しなかっただろうに。いったい朝霧と、どんな揉《も》め事を起こしたっていうんだろう。

権蔵とお豊が詳しく教えてくれたので、似面絵は速やかに作ることができた。できあがった似面絵を見て、二人は目を丸くした。

「そうです。まさに、この男です」

「よくこれほど似せて描けるものですね。驚きました」

権蔵とお豊に感心され、絵師の芳斎《ほうさい》は照れる。芳斎は新七と同じく齢二十四で、絵師としてはまだ駆け出しであるが、その腕は誠一郎と弥助も買っていた。

芳斎には同じ似面絵をもう一枚描いてもらい、それが完成すると、弥助たちは腰を上げた。

「親分さん、朝霧を殺めた下手人を、必ず捕まえてくださいませ」

頭を深々と下げる二人に、弥助は笑みをかけ、新七と芳斎とともに仮宅を後にした。

芳斎は家に帰り、新七は似面絵を手に、逃げた客を探り始めた。弥助は誠一郎と落ち合い、探索の相談をした。誠一郎は松原屋に話を聞きにいき、弥助は逃げた下手人を探しつつ紅花屋や朧月についても聞き込むことにした。

昼過ぎに一度、黒船橋のたもとで落ち合うことを約束して、それぞれの任務に赴いた。ちなみに黒船橋は蛤町の近くにあり、そこを渡ればすぐに黒船稲荷《いなり》、阿《あ》波《わ》藩の下屋敷が見える。

弥助は若旦那風の男を捜しつつ、近所の妓楼の者たちに、紅花屋について訊ねてみた。すると、紅花屋は宴会をしばしば開くので、芸者たちがよく訪れるということを摑んだ。仮宅なので深川の芸者を呼んでいるという。紅花屋がよく利用している置屋《おきや》の名を聞き出し、弥助はそこへ向かった。永代寺門前町の花街にある置屋だった。

三味線の音色が静かに響いている涼しげな置屋で、弥助は、紅花屋によく呼ばれるという芸者の芙久乃《ふくの》から話を聞いた。

「紅花屋や、殺された朝霧、御職《おしょく》の朧月などについて知っていることを、何でもいいから教えてくれ」

御職とは妓楼の一番手の遊女のことである。弥助が頼むと、芙久乃は柳眉《りゅうび》を微かに八の字に寄せた。

「紅花屋さんの内情までは詳しくは知りません。でも……あれは一月《ひとつき》前頃でしょうか。亡くなった朝霧さんが外出されたところを、目にしたのです」

弥助は身を乗り出した。

「外出って……どこかに出かけたってことか」

遊女たちは、吉原では外に出ることはまずできないが、仮宅の営業の時は許されるのだ。それゆえに、窮屈ではない仮宅での暮らしを好む遊女は多かった。

「そうです。私は朝霧さんのお座敷に何度か呼ばれていましたので、見間違うはずはございません。あの日、私は、別の姐さんの昼見世のお座敷に呼ばれて、幇間などと一緒に紅花屋へ赴いたのです。ところが早く着いてしまったので、昼見世はまだ開いてなくて、仕方なく表で時間を潰しておりました。すると……女の人が紅花屋から出てきたのです。頭巾《ずきん》を被っていて、黒の羽織を纏っていましたが、その中は花魁の華々しい衣裳であることは、すぐに分かりました。その人が、朝霧さんであることも」

弥助は息を呑み、姿勢を正した。

「朝霧はその姿で、どこへ向かったんだろう」

「さあ、それはさすがに分かりませんが、朝霧さんはそそくさと通りを抜け、角に止まっていた駕籠《かご》に乗り込み、どちらかへ行ってしまわれました」

「それを見かけた者は、お前さんたち以外にはいなかったのだろうか」

芙久乃は首を傾げた。

「あの時は昼見世が始まる前で、お客さんも歩いていなくて、ひっそりしていたんです。そのような刻を狙って、朝霧さんは外に出たのではないでしょうか」

「じゃあ、紅花屋の主人にも黙って出かけたのだろうか」

「それも私には分かりかねます。直接、ご主人にお伺いになってみればよろしいのでは。いずれにせよ、あの雰囲気からは、お忍びの外出であろうことは見て取れました」

弥助は芙久乃に、逃げた男の似面絵も見てもらった。しかし、芙久乃は首を傾げるばかりで、男に覚えはないようだった。

弥助は礼を述べ、芸者置屋を後にした。

掘割に架かる黒船橋のたもとで、誠一郎は待っていた。

誠一郎が松原屋の主人夫婦から聞いたところによると、内儀のお豊は実のところ朝霧を毛嫌いしていたという。

「朝霧は主人の権蔵にまで色目を遣っていたようで、あの二人はどうやらデキていたとの噂もあるらしい。それでお豊は朝霧のことを、陰では泥棒猫と罵《ののし》っていたそうだ」

「ってことは、朝霧の死を悼んでいたのは、芝居だったたんでしょうか。あのお内儀、役者でいやすな」

弥助が真に感心したような声を出すと、誠一郎は苦笑した。

「そうだったのかもしれんな。朝霧は、どうもえらく勝気で、一筋縄ではいかない女だったようだ。妓楼の中にも、やはり快く思っていない者もいただろう」

二人は頷き合う。弥助が芙久乃から聞いたことを話すと、誠一郎は目を見開いた。

「朝霧は外出していたというのか。今から紅花屋に行って、主人にそのことを訊ねてみよう。弥助、お前は探索を続けてくれ」

弥助は精悍な顔つきで誠一郎に頷く。日暮れに再びここで落ち合うことを約束し、別れた。

弥助は似面絵を手に、逃げた男を捜し回るものの、手懸かりは摑めなかった。男を目撃したという者がなかなか現れない。男が落としていったと思《おぼ》しき菓子を売っている菓子屋も、見つからなかった。月千という名の店や食べ物も、容易には突き止められなかった。

日が暮れる頃、弥助たちは黒船橋のたもとでまたも落ち合い、報せ合った。誠一郎は、紅花屋の主人に、朝霧の外出について問い質《ただ》したことを伝えた。

「主人は話さなかったことを謝り、朝霧が先月の半ばに外出していたことを認めた。どうしても八幡様（富岡八幡宮）に一度お詣《まい》りに行きたいと言うので、行かせたらしい」

弥助は首を捻った。

「でも、変ですぜ。八幡様にお詣りにいくのに、花魁の姿で出かけるもんでしょうか。駕籠を使うというのは、まあ分からなくもありやせんが」

「うむ。私もそう思って、主人に訊ねてみたところ、一笑された。花魁の姿で出ていったというのは、見た者の勘違いでしょう、となる。芸者の話では、確か、黒い羽織を纏っていたとのことだよな」

「はい。……では、やはり見間違いだったんでしょうか」

弥助は顎を撫でつつ、目を泳がせる。朝霧の外出が事件に関わっているか否かはひとまず置いておくことにして、逃げた男の手懸かりが摑めず、弥助と新七は平謝りだ。誠一郎は二人を励ました。

「まあ、仕方がない。しかし妙だ。男は顔立ちもはっきりしていて、結構目立つと思うのだが。それなのに、誰も心当たりがないとは」

「明け方に逃げた姿を見たって者も、まだいやせん。門前町の花街もぐるぐる回って聞き込んでみたんです。料理屋、居酒屋、芸者置屋と。でも、誰も心当たりがねえって言うんです」

弥助は天を仰ぐ。暮れなずむ空に、星は見えない。

「まあ、明日も頑張ろう。朝霧の死因も、そろそろはっきり分かるだろうしな」

弥助と新七は、誠一郎に頷いた。

翌日も早朝から探索を始めたが、手懸かりは、なかなか摑めなかった。

何の収穫もないうちに、気づけば八つ（午後二時頃）の鐘の音が響いた。弥助は深川へと引き返し、八幡様の前で新七と落ち合った。

「ご苦労。少し休もうぜ」

「親分、もう腹ぺこですよ」

弥助と新七は鳥居を潜《くぐ》り、青々とした銀杏《いちょう》の木の下で、床几に腰かけて弁当を広げた。お純は二人分、用意してくれていた。梅干しの握り飯に、しらす入りの玉子焼き、浅蜊の佃煮《つくだに》、竹輪《ちくわ》の天麩羅《てんぷら》、蕪《かぶ》の梅酢漬け。

日差しが燦々《さんさん》と降り注ぐ中、握り飯を頬張り、二人は目を細めた。

「旨いっすねえ。おかみさんが作る料理はどれも最高っすよ」

「弁当ってのは旨く感じるもんだけどな。特に、外で食べる弁当ってのは」

女房を褒められて、弥助はまんざらでもないようだ。

二人はあっという間に食べ終え、お茶を啜っているところに、誠一郎が現れた。弥助と新七は床几から立ち上がり、一礼した。

「旦那、ご苦労さまでございやす」

「ご苦労。どうだ、何か分かったか」

二人はバツが悪い思いで、肩を竦《すく》めた。

「いえ。まだ摑めておりやせん。朝早くに逃げたとしたら、木戸番が見ているようにも思いやすが、目撃したという木戸番にも、まだ出会っておりやせん」

誠一郎は床几に座り、腕を組む。弥助と新七も再び腰を下ろした。

「木戸が閉まるのはだいたい四つ（午後十時頃）だが、開くのはまちまちだからなあ。明け六つ（午前六時頃）が多いが、それ以前に開くところもある。下手人は隙を見て、決して目撃されぬようにして姿をくらましてしまったのだろうか」

「手練《てだ》れの下手人のような気もしやすね。これまでも、同じようなことを繰り返していたってことはねえでしょうか」

「遊女殺しってことか」

「吉原の花魁殺しは珍しいから、騒ぎになりやす。でも、岡場所《おかばしょ》の女や夜鷹《よたか》が殺されても、下手人を追いかけずに、有耶無耶《うやむや》で終わらせてしまうことはありやすよね」

三人は目と目を見交わす。誠一郎は押し殺したような声を出した。

「恨みなどがある訳でもなく、遊女ならば誰でもよくて、殺すことに愉《たの》しみを覚える者というのは、確かにいるからな」

「余罪があるかもしれませんね」

「吉原の妓楼が仮宅で営業することを知って、計画を立てたのかもしれやせん。今度は花魁を狙ってやろう、と」

「遊女殺しに悦《よろこ》びを覚える者か。そういう気味が悪い奴は、必ず捕まえてやらねば。ところで、菓子屋のほうもまだ見つからないか」

弥助と新七は再び頭を下げた。

「すみやせん。そちらも、まだです。かみさんが言っておりやしたが、あの菓子には、饂飩粉、雪花菜、砂糖、卵の黄身、ハト麦、胡麻に加えて、車前草《しゃぜんそう》（オオバコ）も入っているようです」

「車前草だと。いろいろなものが入っていたんだな。奉行所の調べでは、饂飩粉と砂糖と胡麻と何かで作った、駄菓子みたいなものだと見なしていたのだが」

「はい。実はかみさんは、あの菓子を少し食っちまったんです。すると、少し経って、腹の調子がすこぶるよくなったと。車前草には、腸の具合を整える効き目があるらしく、下痢や便秘の薬にも使われるそうです。かみさん曰《いわ》く、菓子の味からも、車前草も入っているに違いねえと」

誠一郎は目を見開いた。

「お純は、いろいろなことを知っているのだな」

「あいつ、故郷で貧しい暮らしをしていた頃に、草花のことに詳しくなったそうです。食べ物だけでなく、薬にもしていたんじゃねえかと」

「なるほど。暮らしの知恵だ。立派なものだな」

誠一郎がしみじみ言うところへ、新七が口を挟んだ。

「そうですよ。おかみさんのほうが頼りになるんですから。……痛《いて》えっ」

弥助に叩《はた》かれ、新七は頭を押さえた。

「よけいなことを言うんじゃねえ！　ところで、旦那。菓子にはもう一つ、油が入っているようですが、それが何なのか、かみさんは分からないようです」

「胡麻油ではないのか」

「はい。躰に障《さわ》るどころか腹の具合がよくなるぐらいですから、料理に使われる油だとは思うのですが」

それから誠一郎は、朝霧の死体の検分について、弥助たちに報せた。それによると、朝霧が亡くなったのは九つ（午前零時頃）から八つ半（午前三時頃）ぐらいの間だという。死因は首を刺されたことによる失血で、着物の乱れがまったくないことから、争った形跡や情交の痕跡もなかったという。

「もしや、刺される前に何か薬を飲んでいたのかもしれないな。眠りを誘うもの、あるいは頭をぼんやりさせるようなものだ」

弥助は眉根を寄せて、顎をさすった。

「朦朧《もうろう》とさせておいて、刺したって訳ですか。おそらく酒に混ぜて飲ませたんでしょうな。すると……下手人は床入りする前に朝霧を殺って、すぐに逃げずに暫《しばら》く留まり、その間に着替え、木戸が開いた頃を見計らって、証の品はすべて持って、窓から逃げたってことですか。もしくは、すぐに窓から逃げて、夜が明けるまでどこかに身を潜めていて、木戸が開いたら速やかに出ていったと」

「そのどちらかだろうな。果たして、かっとなって殺したのか、前々から殺そうと思っていたのか、どちらだったのだろう。まあ、おそらくは後者だろうが」

「遊女だったら誰でもよかったのか、それとも朝霧に強い恨みを持っていたのか。どちらなんでしょうね」

弥助は誠一郎と新七を交互に眺めながら、低い声を出した。

「または……朝霧を殺したのは、妓楼の中の誰かであって、そのような客など初めからいなかったってことですかね」

誠一郎と新七の目が見開かれる。暫《しば》しの沈黙の後、誠一郎は大きく息をついた。

「すべては出任せ。妓楼の者たちで口裏を合わせたってことか」

「そうです。それならば、逃げたのがどのような男だったか、証言がおよそ一致するってのも分かるように思えやせんか。妓楼の者たち皆で、妓楼の中の下手人を庇《かば》うため、同じ答えを予《あらかじ》め用意していたって訳です」

新七が喉を鳴らした。

「考えてみたら……証言がほぼ同じってのも、おかしな話なんですよね」

「そうだ。つまりは、この似面絵も出鱈目《でたらめ》。だったら、いくらあっしたちが足を棒にして探ったところで、こんな奴、見つかる訳がねえってことだ」

誠一郎は頷いた。

「毛氈に転がっていた菓子も、下手人が落としていったものではなかったのだろうか」

「刺されたはずみで、朝霧の懐か袂から飛び出して転がったのかもしれやせん。あるいは、妓楼の中の下手人が、逃げる時に、やはり慌てて落としてしまったのか」

三人は目を見交わしながら、勘を働かせる。誠一郎が立ち上がった。

「もう一度、紅花屋に話を聞きにいってみるか」

「それがよいと思いやす」

弥助と新七は顔を引き締める。だが弥助は思い直したように、誠一郎を止めた。

「今日は、あっしと新七と二人で行ってみやす。妓楼の者たちも話がしやすいかもしれやせん」

「そのほうが、相手の気も緩んで、新しい話が聞けるかもしれないな。弥助、新七、頼んだぞ」

「かしこまりやした。旦那の分も、しっかりと聞き込んで参りやす」

弥助と新七は笑顔で頷いた。

紅花屋の主人や番頭は、弥助たちを中へ通した。七つ（午後四時頃）前の昼見世の刻、なかなか繁盛しているようだ。二階からは三味線の音色や、時折、嬌《きょう》声《せい》なども聞こえてきた。

弥助たちは内証へ入り、主人夫婦と向き合った。

「殺しがあったというのに、客の入りはよいみたいだな」

「はい。お客様が減ってしまうと懸念していましたが、ありがたいことです」

主人の権蔵は目を伏せる。

「朝霧の部屋はもう使っているのか」

「まだそのままにしてあります。せめて一月は使わずにいたいと思いまして」

権蔵の隣で、内儀のお豊も項垂れる。弥助たちは二人の様子を窺いつつ、次に番頭を呼んでもらった。だが番頭の与三郎からも、新しい話は聞けなかった。

朝霧の妹分だった振袖新造は、二人ともお客についているというので、遣手の克江を呼んだ。

克江が現れると、見張りのために新七が出ていき、襖を閉めてその前に立った。取り調べの内容を、妓楼の者たちが盗み聞きするのを防ぐためだ。

弥助は克江に微笑みかけた。

「安心して、知っていることは何でも話してくれ」

「はあ。恐れ入ります」

肩を竦める克江に、弥助は切り出した。

「正直に話してほしいんだが、妓楼の中で、朝霧を嫌っていた者はいたかい？」

「え……それはどうでしょうねえ」

克江は衿元《えりもと》を直しながら、襖のほうに目をやる。

「大丈夫だ。あっし以外は聞いていねえよ。この間、言っていた者がいたようだ。朝霧は、なかなか性悪《しょうわる》だったそうじゃねえか」

鎌をかけてみると、克江は目を瞬かせ、乗ってきた。

「そうなんですよ。大きな声じゃ言えませんがね、朝霧さんはほとんどの人から嫌われていました。おつきの振袖新造のことも、いびってましたもの。鬱憤《うっぷん》が溜《た》まると、周りに当たり散らすんですよ」

新たな証言に、弥助は身を乗り出した。

――振袖新造の二人は、朝霧のことを優しい姐さまだったと言っていたらしいが、実際は違っていたようだな。

殺されたばかりの者に対する遠慮もあったであろうと察しつつ、弥助は続けて訊ねた。

「朝霧は、ほかの遊女たちにも、きつい態度を取っていたのか」

「さようですね。特に一番手の朧月さんには、あからさまに張り合っていましたよ。朝霧さんのほうが三つほど若かったので、怖いものなしといったようにね。まあ、朧月さんも怖かったとは思いますすよ。朝霧さんはあの手この手で追い上げてきて、朧月さんを追い抜きそうでしたからねえ」

声を潜めながらも、克江はよく喋る。弥助は風呂敷を広げて、小さな包みを克江に差し出した。富岡八幡宮の近くで売っている、餡子《あんこ》がたっぷり挟まれた今川《いまがわ》焼《やき》だ。包みを手に取り、克江は顔をほころばせた。

「このあたりの名物だ。旨いから、是非、食ってくれ」

「親分さん、ありがとうございます。遠慮なく、いただきます」

克江は今川焼の匂いに目を細めながら、さっさと包みを袂に仕舞う。弥助は腕を組み、克江を見据えた。

「ところで、朝霧が殺された時、朧月は検校《けんぎょう》の客をもてなしていたというが、一度も部屋を離れることはなかったんだろうか」

「どうなのでしょう。あの夜は、私は早く寝てしまっていたのでね。……もしや朧月さんを疑っていらっしゃるんですか」

克江は目を瞬かせる。

「いや、そんなことはねえが、一応確認したくてな。逃げた客など初めからいなかったとしたら……」

「妓楼の者が怪しいってことになりますね」

克江は首を竦めた。

「朝霧を殺った者に、薄々心当たりがあるんじゃゃねえかい？」

「ありましても、さすがに誰とは言えません」

襖のほうをちらちらと見やる克江を、弥助は睨《ね》めた。

「朝霧は主人夫婦とは、上手くやっていたのか」

克江は神妙な面持ちで弥助を見つめ、声を一段と潜めた。

「揉めていたんですよ。朝霧さんが権蔵さんに色目を使ったとかで、お内儀さんが怒ってしまいましてね。売れっ妓だったから追い出されませんでしたが、お内儀さんは内心、腸《はらわた》が煮えくり返っていたと思います」

誠一郎が松原屋から聞いた話は本当だったようで、弥助は苦笑した。

「なるほど。権蔵と朝霧はデキてたって訳だな」

「まあ、そこまではっきりとは……」

克江は言葉を濁《にご》し、咳払《せきばら》いをする。弥助は続けて訊いてみた。

「朝霧が先月、外出したというのは本当か」

すると克江は真顔になり、姿勢を正した。答えることに躊躇《ちゅうちょ》しているようだと察し、弥助は告げた。

「大丈夫だ。そのことについては、ここの主人も認めている」

克江は面持ちを少し緩め、答えた。

「ええ。出かけられました。でも、どこへ行ったかは存じません。本当です」

「朝霧が帰ってきたのは、その日の夜だったのか」

「いえ。確か、翌日のお昼過ぎでした」

弥助は目を見開いた。

「なに？　外で泊まってきたというのか」

「あら、やだ。私、うっかり」

克江は口を押さえる。

「朝霧の外出について喋るなと、主人たちに口止めされていたのか」

「はい。さようです」

喋り過ぎたと思ったのだろう、克江は姿勢を正し、再び礼をした。

「私が知っているのはこれぐらいです。あの……話したことは、くれぐれも」

「絶対に言わねえから、安心してくれ。ありがとよ。また何か思い出したら、連絡してくれな。蛤町の弥助っていえば、分かるからよ」

「かしこまりました。何かありましたら、ご連絡いたします」

克江は目配せしつつ、立ち上がる。弥助は克江に、次は手の空いている若い衆を呼んでほしいと、頼んだ。

少し経って部屋に入ってきたのは、誠一郎が前に話を聞いた竜太だった。昇二は具合が悪くて寝込んでいるらしく、今日は彼一人だ。

竜太も初めはよそよそしかったが、暫くすると、ざっくばらんに話し始めた。

「朝霧姐さんはあちこちで恨みを買っていたとは思いますよ。生まれは結構よかったみたいだから、気位もやけに高かったですしね。性悪でしたが、昇二は長らく騙されていました」

「昇二は朝霧を好いていたのか」

「憧れていたようです。あいつ、軽く見えるのに妙に純なところがありましてね。朝霧姐さんを思い続けて、いつも味方になっていたんです。朝霧姐さんのことを悪く言う者たちに、姐さんはそのような人ではないと、庇ってやったりね。それなのに、あいつ、ある時、朝霧姐さんに残酷なことを言われて鼻で笑われたんですよ。『あんたなんか端《はな》から相手にしていない、わちきは金を持っている男しか興味がない』などとね。それも皆の前で。恨んじまいますよね」

弥助は眉を顰めた。

「ずいぶん嫌なことをする女だな。それはいつのことだ」

「この仮宅へ来る、少し前ぐらいだったと思います。それが堪えたんでしょう、昇二は、その頃から躰を壊すことが多くなりました。俺、腹が立って、朝霧姐さんに文句を言ってやろうと思ったんです。そしたら昇二の奴、こんなことを言ったんです。『姐さんだって鬱憤が溜まってるんだ。うっかり言っちまっただけだ、許してやろう』って。……昇二の奴、あの莫迦《ばか》野郎」

竜太は膝の上で、拳を握り締める。

「なるほどなあ……。しかし朝霧はきつい女だったようだな。朧月にも、あからさまに張り合っていたというし」

するど竜太は姿勢を正し、弥助を真っすぐに見た。

「朧月姐さんは、朝霧姐さんのことを憎んだりしていなかったと思います。朝霧姐さんが、一方的に目の敵《かたき》にしていたというだけで。朧月姐さんは、気の毒でした。妓楼でともに暮らしているならば、皆、同じではないですか。それなのに朝霧姐さんは生まれ育ちを鼻にかけて、貧しい家の出の朧月姐さんを見下すようなことを言っていたんです。それでも、朧月姐さんはできた人だから、やり返すなどということは、決してしませんでした。それどころか、朝霧姐さんを、憐《あわ》れむような目で見ていましたよ」

「不憫《ふびん》に思っていたというのか」

「はい。傍《はた》から見ていても、闘志を剝《む》き出しにする朝霧姐さんには、余裕が感じられませんでしたからね。朧月姐さんも朝霧姐さんに対して、昇二と同じように思っていたのでしょう。鬱憤が溜まって、つい人を攻撃するようなことを言ってしまうのだろう、可哀そうに、と」

弥助は竜太を見据えて、息をついた。

「ふむ。昇二は朝霧を好いていたとのことだが、お前さんはどうやら朧月に好意を持っているようだな」

すると竜太の色黒の顔に、さっと赤みが差した。

「い、いや。そ、そのような訳では」

竜太は大柄な躰を縮こまらせて、しどろもどろになる。弥助は思わず笑みを浮かべた。妓楼では遊女と若い衆の色恋はご法度《はっと》のようだが、美しい花魁に憧れてしまう若い衆の気持ちというのは、弥助にも分からなくはなかった。

「ところで、朝霧はそれほど育ちがよかったのかい。大店の娘だったのか」

「いえ、武家の出だと聞きました」

「武家だと？」

「なんでも、御家人の家に生まれたけれど、与力だった父親が何か問題を起こして家が取り潰しになり、吉原に辿《たど》り着いたそうです」

弥助は顎を撫でた。このことが本当であれば、朝霧の出生はすぐに摑めるだろう。

「なるほど。この前、ここの主人夫婦に訊いた時には、与力の娘だったなんて話は出なかったがな」

「この前は、死体が見つかったすぐ後で、皆、気が動転していましたからね。緊張して、話し忘れたこともあったと思います」

「うむ。後でもう一度、朝霧のことを主人夫婦に訊いてみるぜ。話を聞かせてくれて、ありがとよ。忙しいところ悪かったな」

弥助は次に、お茶を挽《ひ》いている遊女を呼んでもらった。少し経ってやってきたのは、誠一郎が前にも話を聞いた、花霞だった。

「今日は、お役人さんじゃないのね。親分さんのほうがお話ししやすいわ」

花霞は足を崩して座り、悩ましい目つきで弥助を見る。弥助は花霞に微笑んだ。

「お前さんみてえな別嬪《べっぴん》がお茶を挽くなんて、あり得ねえな」

「親分さん、嬉しいこと言ってくれるじゃない。そうなの、ここのお客は見る目がないのよお」

「だろうな。朝霧って、性悪だったそうじゃねえか。そんな女が二番手になるようじゃ、客の質もたかが知れてるぜ」

弥助を上目遣いで見ながら、花霞は笑みを浮かべた。

「そんなことまで摑んでいるんだ。わちきも人のことは言えないけれど、皆、やっぱりお喋りねえ。おとうさんやおかあさんに口止めされていても、うっかり話してしまうなんて」

花霞が言うところの「おとうさん」とは主人の権蔵のことで、「おかあさん」とは内儀のお豊のことであろう。

弥助は花霞を見つめ、にやりと笑った。

「やっぱり口止めされていたのか」

「ええ。まあ、おとうさんの立場からしてみれば、そう言うしかないわよね。わちきたちがべらべら喋って、あることないこと噂が広まって醜聞《しゅうぶん》になれば、客足が途絶えて、商売あがったりになってしまうかもしれないもの。殺しがあった妓楼なんて、縁起が悪いしね」

「でもその割に、繁盛しているじゃねえか」

「物珍しいから、話の種に一度遊びにくるだけ。地位やお金がある人ほど、殺しがあったような妓楼は避けるわ。上客を失うことは、妓楼としては痛手でしょ。殺しの事実などは騒ぎ立てたりせずに、なるべく静かに葬《ほうむ》り去るのが一番なの。それゆえの口止め」

「お前さん、なかなか賢いじゃねえか。一杯やりながら、話をしたくなるぜ」

「あら、嬉しいわあ。でも別に賢いんじゃなくて、この仕事が長いから、おとうさんたちの気持ちも分かっちゃうのよ。まあ、でも、わちきを含めて、妓楼の者なんて、うっかり口を滑らせるようなのばっかりだけれど」

花霞はぺろりと舌を出す。えくぼのある、色白で豊満な女だ。弥助は花霞に、お純を知っているかどうか訊ねてみたかったが、ややこしいことになりそうなのでやめておいた。

「こちらとしては、口を滑らせてくれたほうが、ありがたいぜ。酒は持ってきてねえが、これでも摘まんで、気楽に話しておくんな」

弥助が今川焼の包みを渡すと、花霞は喜んだ。

「大好物よお。早速、いただくわね」

粒餡《つぶあん》がたっぷり詰まった今川焼を頬張り、花霞は相好を崩す。花霞は口の周りについた餡子を舌で舐め取りつつ、弥助にすり寄ってきた。

「優しいのね、親分さん。今度、是非、遊びにいらして。わちきを指名してくださいな。うんと楽しませて差し上げますわ」

弥助の肘《ひじ》に、花霞の柔らかな乳房が当たる。弥助はさりげなく花霞の肩を抱き、耳元で囁《ささや》いた。

「まあ、そのうちにな。……ところで、朝霧が先月どこかへ出かけていたことには気づいていたかい」

するど花霞は目を丸くした。

「そのことも知っているの？　どこかに出かけていたのは確かよ。わちきのほかにも、気づいていた人はいると思うわ」

「一月前っていうと、如月《きさらぎ》の半ばか。仮宅に移って一月半ほど経った頃だな」

「そうよ。梅が盛んな頃だったから、梅でも観にいったのかしらね」

「帰ってきたのは翌日だったたってのは本当か」

「ええ。仮宅では外泊もできるんですもの、気楽よね」

花霞は無邪気に笑い、弥助の胸に頰を埋める。弥助は考えを巡らせながら、花霞の耳元に息を吹きかけ、囁いた。

「それで……逃げた客ってのは、本当に二枚目の若旦那風なのかい？」

弥助の引き締まった胸元に凭《もた》れかかりながら、花霞はうっとりした面持ちで、口を滑らせた。

「ああ、それもおとうさんが皆に凄《すご》んだの。訊かれたら、こう答えろ、って。そうしないとただじゃおかない、って。で、わちきたち下《した》っ端《ぱ》遊女には、もし訊かれたら、よく知りませんと答えろ、って」

弥助は花霞の後れ毛を弄《いじ》りつつ、耳元で甘い声を出した。

「話を聞かせてくれて、礼を言うぜ」

そして、さっと腕をほどき、真顔になった。

「もう一度、主人を呼んでくれねえか」

花霞も思わず姿勢を正す。

「分かったわ。親分さん、約束、忘れないでね。必ず遊びにきてよ。それから、わちきが喋ったことは……」

「おう、安心しろ。お前さんに迷惑をかけるようなことは、絶対にしねえよ。今度ゆっくり遊びにくるから、楽しみに待っておくんな」

弥助は花霞に目配せし、優しくあしらう。

主人の権蔵が戻ってくる間、弥助は頭を働かせた。朝霧の外泊について問い詰めてみたかったが、今それを言うと、取り調べた三人がもしや折檻《せっかん》されるかもしれないので、ぐっと抑えることにする。

――それに、主人を下手に怒らせて、今以上に警戒されると、出入りを禁じられるかもしれねえしな。

弥助は考えつつ、戻ってきた主人に、このようなことを訊ねた。

「朝霧について少し調べさせてもらったんだが、武家の出、与力の娘だったというのは本当なのかい？　朝霧をここに連れてきた女衒《ぜげん》に話を聞けねえかな」

「そのことについてですが、私も女衒に詳しく訊ねてみたのです。それで、今頃になって、はっきり知りました。朝霧は生まれはよかったものの、父親が不正を働き、家を取り潰されてしまったそうです。浪人となった父親は博打に嵌《はま》り、妻子を捨てて行方知れず。後に母親は自害してしまったそうで、残された朝霧は、父親の博打の借金の形に、売られてきたのでした。朝霧は酔っ払うと、自分は与力の娘だと、確かに言うこともありました。でも私どもは、話半分で聞いていたのです」

「朝霧がここに売られた経緯を、お前さんが今まで知らなかったっていうのも不思議に思うが、妓楼ってのは、そんなものなのかい」

「はい。正直なところ、売られてきた娘がどのような生まれ育ちでも、私どもには関係ございませんのでね。遊女として使い物になるかならないかが重要なのであって、礼儀作法なんていうものは、後から叩き込めばいいのですから」

淡々とした話し方が、いっそう冷酷さを感じさせる。弥助は思った。

——結局は、商いってことか。生まれ育ちがよいと自負している女が、妓楼に売られて、遊女という商いの道具として扱われたら、そりゃ鬱憤も溜まるだろう。

弥助は少し朝霧に同情しながら、今度は朧月について訊ねた。

「殺しがあったと思しき刻、朧月が相手をしていたという検校は、何者だ」

「回向院《えこういん》の近くで金貸しをされている、波柴《はしば》検校様でございます」

検校は、盲人の組織の中でも最高の位である。平曲や三弦（三味線）、鍼灸《しんきゅう》などの業績が認められれば、その位を得ることができた。しかしながら検校になるまでには七十三の位階があり長い年月を必要とするので、もっと速やかに成り上がりたい場合は、検校の位を金子《きんす》で買うことで叶えられた。ちなみに、それには七百両以上の金がかかるという。

弥助は主人を見据えた。

「ところで朧月に話を聞きてえんだが、ちょいと呼んでもらえるかい」

しかし、主人の答えは素っ気なかった。

「申し訳ございません。朧月は熱が下がらずまだ寝込んでおりまして、とても話をできる状態ではないのです。お医者からも、当分休ませておくように、きつく言われておりますので」

だが弥助は怯《ひる》まず、懐から十手《じって》を取り出した。

「それは困るぜ。こっちも御上《おかみ》からこれを預かってきているんだ。それに具合が悪いといったって、仮病ってこともあるからな。顔だけでも見せてもらおうか。駄目と言ったら、あっしが部屋まで顔を拝《おが》みにいくぜ」

弥助が凄むと、主人は押し黙ってしまった。弥助は十手で、ゆっくりと畳を打つ。主人は押し殺した声を出した。

「かしこまりました。では、少々お待ちくださいませ」

主人は朧月を呼びに、部屋を出ていった。

暫くして、襖の向こうから可憐《かれん》な声が響いた。

「失礼いたします」

部屋へ静々と入ってきた朧月を眺め、弥助は目を瞠った。悲痛な面持ちをしているが、それでも光が差すような美しさに溢《あふ》れている。小袖に仕掛けを一枚羽織った姿だが、それでも充分に華やかだ。顔が青白いので、具合がよくないというのは本当のようであった。

朧月はしっとりとした所作で、弥助に深々と辞儀をした。

「朧月と申します。ご苦労様でございます」

「おう。あっしは弥助ってもんだ。具合が悪いところ、すまねえな。手短にするから、許してくれ」

朧月は、はい、と小さな声で返事をし、頭をゆっくりと上げた。朝霧の死が堪えているのだろう、麗《うるわ》しい顔には影が射し、頬がこけてしまっている。

「率直に訊くぜ。お前さんは朝霧に対して、正直どう思っていたんだ」

朧月は目を伏せ、淡々と答えた。

「それほど仲がよかった訳ではありませんが、朝霧さんのこと、頑張っているなあと感心しておりました。しっかりしていらっしゃいました」

「お前さんより年下だったんだよな」

「さようでございます。三つ年下でした」

「朝霧は飛ぶ鳥を落とす勢いだったというが、それについては正直、どう思っていた？　やはり、怖いという思いはあったかい」

弥助は声を和らげつつも、遠慮なく訊ねる。朧月は大きく息をついた。

「そのような気持ちがなかったといえば、嘘になりますでしょう。でも……正直なところ、朝霧さんに追い抜かされても仕方ないと、思っておりました。私もものか」

う、若くはございませんので」

朧月は目を伏せ、声を掠《かす》れさせた。

「じゃあ、憎いとか恨めしいという気持ちは、さほどなかったかい」

「はい。諦めの気持ちが強かったので」

「朝霧はお前さんを酷《ひど》く目の敵《かたき》にしていたそうじゃねえか。腹は立たなかったのか」

「別に腹は立ちませんでした。遊女の世界は、そういうものですから。……もしかしたら私も昔は、そのような態度を取っていたかもしれませんもの」

「やったり、やられたり、ってことか。厳しい世界だな」

溜息《ためいき》をつく弥助に、朧月は弱々しく微笑んだ。

「吉原は特にそうでしょう。歪《いびつ》ですよ。でも、ずっといると、麻痺《まひ》してきて、歪なことが歪だとも感じなくなってくるんです。そうなって初めて、一人前の遊女になれるのですよ」

弥助は言葉を失ってしまった。目の前にいる朧月は、華奢《きゃしゃ》で弱々しい女だ。その朧月が背負っているものの重さが、ひしひしと伝わってきて、息苦しさを覚えたのだ。遊女の悲しみを慮《おもんぱか》りつつも、弥助は探索のためと、切り込んだ。

「あの夜、お前さんは波柴検校と一緒だったというが、部屋を離れたことはあったかい」

朧月は表情のない顔で、弥助を見た。

「……私をお疑いなのですか」

「盲人が相手だったら、その刻の行動を、巧く誤魔化すことはできるよな」

「酷い……私、そんなこと」

朧月はいっそう顔を曇らせ、唇を噛む。弥助の脳裏《のうり》に、朝霧が遺した血文字が浮かんだ。歪な形の〝月〟という字が。

朧月の面差しを眺めつつ、弥助は話を変えた。

「ところでお前さんは、紅花屋に長くいるのかい」

「別の見世から、三年前に移って参りました」

「どうして移ったんだ」

「こちらのご主人に、お声をかけていただいたのです。見世を移るのは難しいのですが、ご主人同士で話し合いをしてくださって、決めていただきました」

「本名はなんていうんだ」

「お雪《ゆき》でございます」

「雪が深いところで生まれたのか」

「越後《えちご》で生まれ育ちました」

弥助は顎を撫でた。

――歳は確か二十三とか言っていたから、二十の時に紅花屋に来たのか。三年前ってことは、お純はこの朧月とは面識がねえだろうな。

察しつつ、気になっていたことを訊ねてみる。

「お前さん、玉菊花魁って知らねえかい。江戸町一丁目にいたそうだが」

朧月はうつむいたまま、小首を傾げた。

「お名前は耳にしたことはございますが、詳しくは存じません」

「玉菊花魁も、もとは紅花屋にいたけれど、途中で見世を移ったそうだ。今も江戸町一丁目の見世にいるんだろうか」

「おそらく……既に身請けされて、吉原を出てしまわれたのではないでしょうか。そのような話を、ちらと耳にしました」

「そうか。じゃあ、今頃、幸せになっているかもしれねえな」

「そうだと、よろしいですね」

朧月は憂《うれ》いのある顔に、弱々しい笑みを浮かべる。急に話したからだろう、朧月が激しく咳き込んだので、弥助は慌てて襖を開けて、新七に声をかけた。新七が主人夫婦を呼んできて、朧月はお豊に連れられ、二階の部屋へ戻っていった。

弥助はもう一度、朝霧の部屋を調べさせてもらった。だが、隅々まで探っても、凶器らしき物や手懸かりになるものは見つからない。

――朝霧は字が書けたのだから、日記みてえなものを遺していればよかったんだが。

畳の裏まで見てみたが何もない。簞笥《たんす》や行李《こうり》に仕舞われていた花魁の衣裳もすべて広げて確認したが、目ぼしいものは見つからなかった。

弥助は疲労を感じつつも、主人に厚く礼を述べ、新七とともに紅花屋を後にした。その頃には、日が暮れていた。それぞれの仮宅の軒行灯が煌々《こうこう》と灯り、呼び込みをする若い衆たちの声や、清掻《すががき》（和琴の一種）の音色が響く。

仮宅にも籬が作られていて、緋毛氈《ひもうせん》が敷かれた上には遊女たちが座り、媚態《びたい》を見せている。各見世の前には酒樽《さかだる》が置かれ、集まってくる男たちに、若い衆が無《た》料酒《だざけ》を振る舞っていた。一人でも多くの客を引こうと、どこの見世も工夫を凝らしているのだ。

「仮宅といえども、本当に吉原に来ているような気分になりますね」

各妓楼を眺めながら、新七が懐手ではしゃぐ。桜はそろそろ終わりだが、妓楼へ来れば、遊女という花をいつでも愛《め》でることができるのだ。夜風に乗って、遊女たちが背中にまで塗った白粉《おしろい》の匂いが、漂ってくる。弥助は、星が瞬く夜空を見上げ、目を擦《こす》った。

「明日、回向院近くに住んでいる波柴検校に、朧月のことを聞きにいくか」

「そうしましょう。乗り込んでやりましょうぜ。……朧月は、やはり臭いますか」

「まだ分からんがな。まあ、逃げた男の足取りがなかなか摑めねえってことは、やはり嘘じゃねえかってことで、妓楼の中の者が疑わしくはなるぜ。今日は二回目の取り調べだったから、皆、結構話してくれた」

戻る道すがら、取り調べで知り得たことを、弥助は新七に話した。

「なるほど。すると、朝霧を憎んでいたと思しき者は、朧月のほかには、お内儀のお豊、若い衆の昇二あたりが濃厚ですね」

「まあ、その中でも最も煩《わずら》わしく思っていたのは、朧月だろう。その次がお豊だが、どうだろう。妓楼の中では、主人が遊女に手を出すなんてことは、よくあるんじゃねえかな。そんなことで、内儀もいちいち相手を殺していられねえだろう。あのお豊ってのは、なかなか強《したた》かそうだから、朝霧のことは金儲《かねもう》けの道具と、割り切っていたように思うがな」

「じゃあ、やはり下手人は、逃げたと思しき客、もしくは朧月ってことですか」

「そうだな。客が立ち去った後で、朧月が隙を見て殺《や》ったとも考えられるからな」

「客は本当にいたんでしょうか」

「いたようにも思うが、その客ってのは、似面絵のような男ではないようだ。お茶を挽いてた遊女が教えてくれた」

新七は目を見開いた。

「やはり、口裏を合わせていたんですね」

「そのようだ。探索を混乱させるために、偽《にせ》の証言をしたってことだ。すると、逃げた男が本当にいたとするならば、その者を庇っていることになる。逃げた男など初めからいなかった場合は、妓楼の中の真の下手人を庇っていることになるな」

「なるほど、そういうことになりますね」

「……とにかく、両方から探ってみよう」

「合点です、親分」

宵空の下、二人は頷き合う。

弥助は新七に夕餉《ゆうげ》を食べていくよう誘ったが、新七は遠慮した。

「お言葉はありがたいですが、いつもでは申し訳が立ちませんから。今日はおかみさんとゆっくりしてください」

新七は弥助にぺこりと頭を下げ、笑顔で帰っていった。

弥助が家に戻ると、お純がすぐに夕餉を用意してくれた。

「おおっ、これは見目麗《みめうるわ》しいじゃねえか」

鰆《さわら》の天麩羅《てんぷら》がどんと載った、桜色の蕎麦《そば》に、弥助は目尻を垂らす。食紅《しょくべに》を使って色づけした蕎麦に、桜の塩漬けも添えられていた。

「お客様にも好評で、たちまち売り切れちゃったの。でも、お前さんの分は取っておいたのよ」

愛らしい笑顔のお純に、弥助の面持ちはますます緩む。

「それはありがてえぜ。でもよ、すると、お前の分はないってことか」

「あと一人分はあるけれど。新ちゃんも寄ると思っていたから、取っておいたの」

「じゃあ、待っててやるから、作って持ってこい。一緒に食おうぜ」

「はい、お前さん」

お純は、いそいそと板場へ駆けていく。その後ろ姿を、弥助は笑みを浮かべて眺めていた。


二階で蕎麦を手繰《たぐ》りながら、弥助は今日の探索のことをお純に話した。

「じゃあ、朧月さんにも真に疑いがかかり始めたのね」

「まあな。妓楼での女の闘いがどれほどのものか、男のあっしにだって、朧げに分かるからな。でもよ、話を聞いていると、朧月はお前の知り合いではねえみてえだから、よかったよ」

「そうね。三年前に紅花屋に来たというなら、私はまったく面識はないわね。二十三で、本名はお雪、越後の生まれでしょう。心当たりはないわ」

「やはりな。ところで玉菊花魁のことは訊いてみたぜ」

お純は身を乗り出した。

「なんて言っていたの？」

「詳しくは知らないようだったが、既に身請けされて吉原を出ていったと、言っていた」

お純は胸を押さえて、息をついた。

「やっぱり、そうか。お夏ちゃんのことだもの、大金持ちの人に落籍《ひか》されて、今頃幸せになっているわね。よかった」

お夏との思い出は、よいことばかりでは決してなかったが、幼馴染が幸せになっていることはやはり嬉しいものであった。

お夏は、お純の二つ年下だった。お夏も百姓の娘で、お純の妹や弟たちとも仲がよかった。小さい頃から皆で、よく遊んだものだ。春には野原へ草花を摘みにいき、夏には川へ泳ぎにいき、秋には山へ木の実を拾いにいき、冬には雪達磨《だるま》やかまくらを作るなどして。

お夏は素朴で優しく、とても綺麗な娘だったが、その美しさが仇《あだ》となり、人買いに目をつけられてしまった。お夏も騙《だま》されるような形で、家族と引き裂かれることになったのだ。

江戸へと連れていかれる船の中で、お純はお夏と言葉少なに身を寄せ合っていた。二人とも喋れなくなってしまうほどに、不安で堪らなかったのだ。

妓楼の紅花屋に来てからも、お純とお夏は、なるべく離れないようにしていた。年下のお夏が自分を頼りにしていることに、お純は気づいていて、守ってあげなければという思いに駆られた。

あたかも姉妹のような二人だったが、少しずつ差が現れ始め、一年が経つと、立場がまるっきり違ってしまっていた。器量よしで、稽古事はすべて器用にこなし、所作も美しい、お夏。ソバカスが目立って、稽古事はすべて苦手で、いつまで経っても立ち居振る舞いがぎくしゃくとした、お純。

——同じ故郷《ところ》からやってきて、どうしてこうも違うんだろうね。

妓楼の内儀のお豊は、皆の前で言い放った。お純は主人夫婦に申し訳なく思いつつも、きつい言葉に心を痛めたものだ。

お夏は禿の頃から頭角を現し、将来の花魁候補と謳《うた》われて、大切にされるようになった。すぐに台所に回されたお純は、そのようなお夏を眩《まぶ》しく眺めながらも、心の内でもやもやとした思いを抱いていたのは確かだ。

妓楼に来たばかりの頃は、自分を頼りにして引っついていたお夏が、いつの間にか、自分を嘲笑《ちょうしょう》するようになっていたがゆえに。

お夏は吉原の水に慣れると、気性も変わっていった。お純はそれを寂しく思いつつも、仕方がないことと諦めてもいた。周りがこれほど変われば、気性も変わって然《しか》るべきであろうと。

お純は理解していたものの、胸の内は複雑だった。妓楼に売られてきて、遊女になることを見切られ、台所へ回されるのは、年頃の娘にとってなかなかの屈辱である。だがお純は、身を売らなくても済むのを幸運に思うことにして、ほかの娘たちの嘲《あざけ》りや、あかぎれになる厳しい仕事に耐え、涙を笑顔に変えて、懸命に働いたのだった。

妓楼で過ごした多感な時代とお夏を思い出し、お純は目を微かに潤《うる》ませる。弥助はお純の肩をそっと抱き寄せた。

「お夏が幸せでよかったと思えるってことは、お前が幸せだからだろう」

「きっと、そうね」

弥助の胸に凭《もた》れて、お純は目を閉じる。故郷の野原に立っていた大きな欅《けやき》の木が、瞼《まぶた》に浮かんだ。小さい頃、よくその野原で、お夏も一緒にかくれんぼをしたものだ。欅の陰に隠れたまま眠ってしまったお純を、お夏が見つけてくれたことがあった。今度は自分がお夏をようやく見つけ出したような思いで、お純は心が温もっていた。

三　料理の手懸かり

この花魁殺しは瓦版《かわらばん》の恰好の題材《ネタ》となり、面白おかしく書き立てられた。

〈朝霧花魁、無惨。逃げた客はもちろん怪しきけれど、花魁の中にも疑わしき者ありか。嗚呼《ああ》、御職の座を奪い合い、紅花散るや、女の戦《いくさ》〉

どこからか漏れたのか、それとも読み手を煽《あお》るために想像を働かせているのか、そのような見出しをつける瓦版もあった。御職は一番手の遊女のことであるから、これではまるで、朧月に疑いがかかっていると仄《ほの》めかしているようなものだ。

誠一郎はついに怒り、瓦版屋たちに忠告した。

「下手人がはっきり分かるまで、一切書くな。もしこれ以上書いたら、ただじゃおかないぞ」

優男の誠一郎だが、凄まれると瓦版屋たちも怖いのだろう、ひとまずおとなしくはなった。

　しかしながら瓦版屋は情報源でもあるので、誠一郎たちも仲よくはしている。

弥助は〈耕文堂《こうぶんどう》〉に立ち寄り、主人の耕平《こうへい》に声をかけた。

「林田の旦那から通達があったと思うが、あんまり適当なことを書くんじゃねえぞ」

「これは親分。失礼しました」

　耕平は頭を掻きつつ、素直に謝った。弥助より一つ年下の耕平は、お調子者だが憎めない男で、祖父の代からの瓦版屋を筆一本で守り立てている。弥助とは懇《こん》意《い》の仲であった。

「でもよ、朝霧殺しに、ほかの花魁が疑われているって、どこから摑んだんだ」

　店先に座り込む弥助に、耕平は煎餅《せんべい》が盛られた笊《ざる》を差し出す。弥助は海苔《のり》煎餅を一枚摑んで、ばりばりと齧《かじ》った。

「瓦版屋同士の間で、どこからか伝わってきたんだよ。それで皆、すっかり信じちまって。ほら、やっぱり花魁が花魁を殺したって展開のほうが面白いと思って
……痛えっ」

　弥助に頭を叩かれ、耕平は思わず叫んだ。

「ちゃんと裏も取らずに、受け狙いで書くんじゃねえよ、莫迦《ばか》野郎」

「こっちも商売なんだよ。いちいち気を遣ってなんかいられねえのよ」

再び弥助の拳固《げんこ》が飛んできたが、耕平は今度は手で受け止めた。

「まったく口の減らねえ奴だ。おめえは」

「お互い様よ！」

耕平も煎餅を摑んで齧《かじ》りながら、訊ねた。

「でもよ、逃げてった客って、なかなか見つからねえんだろう」

「まあな。もしかしたら、菓子屋が怪しいかとも思って調べてはいるんだが、なかなか辿り着けねえな。店も数多《あまた》とあるしな。……おい、菓子屋のこと、絶対に書くんじゃねえぞ」

弥助が睨みを利かすと、耕平は肩を竦めた。

「書きたいのは山々だぜ。花魁殺しは菓子の匂い、ってな。でも、俺、嫌なんだよなあ。目の周りがまた真っ黒になるの」

以前、耕平が弥助から聞いた話を無断で書いたところ、弥助に思いきりぶん殴られて、目の腫《は》れが一月ほど引かなかったことがあったのだ。耕平はそれ以来、なんだかんだと、弥助を本気で怒らすことは避けていた。

「おう、気をつけてくれよ。こっちもお前を信用して話しているってところはあるんだからよ。もし何か摑んだら、教えてくれ」

「合点承知。怪しげな菓子屋の噂などないか、俺も調べてみるわ」

弥助は煎餅を四、五枚、袂の中に突っ込んで立ち上がり、耕文堂を出ていった。

外で待っていた新七に煎餅を渡し、二人でそれを齧りながら、回向院のほうへと向かう。朧月の上客である、波柴検校に話を聞きにいくのだ。

猪牙舟《ちょきぶね》を使わずに、歩を進める。いくつもの掘割が作られ、水路が巡らされた深川は、常に水の匂いが漂っていて、風にも微かな湿り気がある。桜の花は散り始めているが、葉桜になっていくのも清々《すがすが》しくてよいものだ。亀久橋《かめひさばし》を渡り、浄心寺《じょうしんじ》と霊巌寺《れいがんじ》を眺めながら仙台堀《せんだいぼり》に沿って真っすぐ進むと、大川《おおかわ》のほうへ出る。このあたり一帯が、弥助の父親が住む猟師町《りょうしまち》だ。弥助と新七は、大きく息を吸い込んだ。

「掘割の匂いと、大川の匂いって、どこか違うよな」

「やっぱり大川のほうが潮の香りがしますよね」

天気がよいので、日差しを浴びて、大川は煌《きら》めきながらうねっている。水鳥たちの姿も見えた。みずみずしい風に吹かれながら、二人は大川に沿って、北へ向かう。少し行くと御籾蔵《おもみぐら》があり、また少し進むと御舟蔵《おふなぐら》がある。そのあたりには一ツ目之橋《ひとめのはし》があり、そこを渡れば、回向院の間近であった。

回向院の傍《そば》で訊ねると、波柴検校が営む金貸し屋はすぐに分かった。門前町にあるとのことで、そこを訪れてみると、間口十間ほどの立派な構えの店で、弥助と新七は目を瞠った。

波柴検校は内儀がいないらしく、身の周りの世話をしている端女《はしため》が対応した。愛想のない老婆は、弥助と新七を中へと通した。豪華な調度品が置かれた広い居間を見回しながら待っていると、波柴検校が現れた。齢五十五、六であろうか、貫禄のある風貌だ。検校は姿勢よく腰を下ろした。

簡単な挨拶を交わした後、弥助は早速訊ねた。

「紅花屋の仮宅で、朝霧花魁の殺しがあったことはご存じですよね。朝霧が殺されたと思しき夜、あなた様は朧月花魁と一緒に過ごされていたと伺いやした。その時の、朧月の様子をお聞かせいただきたいのです」

検校は低い声で、訊き返した。

「朧月が疑われているのですか」

「そういう訳ではありやせんが、一応、調べておりやす。あなた様は朧月を贔屓《ひいき》になさっているでしょうから、答えにくいとは思いやすが、正直に話していただけやせんか。もし万が一にも、殺しに手を染めた女を、そうとは知らずにこれからも贔屓になさったりすれば、あなた様にもいつか災いが降りかかるかもしれやせん。そうならないためにも、お話ししてください。あなた様の証言次第で、逆に、朧月の疑いが晴れることもありやすでしょうから」

弥助が熱心に言い聞かせると、波柴検校は重い口を開いた。

「実はあの時、九つ（午前零時頃）を少し過ぎた頃でしたか、朧月がご不浄（厠《かわや》）に行ってくると言って、部屋を一度離れたのです」

弥助と新七は身を乗り出した。

「すぐに戻って参りやしたか」

「吉原雀《よしわらすずめ》を三味線でさらっと弾き終えるほどは待たされましたね。四半刻（およそ三十分）の、そのまた半分ぐらいでしょうか」

吉原雀とは長唄であり、さらりと弾くと、確かにそれぐらいの時間になる。検校は続けた。

「朧月はいつもはすぐに戻って参りますので、少しおかしいなとは感じました。

具合が悪いのかとも思って心配しましたが、戻ってきて隣に座った時、嘔吐《おうと》したような臭いはしませんでした。ただ……」

検校はいったん言葉を切り、眼鏡を直す。弥助と新七は息を呑んだ。検校は唇を少し舐め、再び続けた。

「朧月は戻ってきた時、なにやら息が少し上がっていたのです。様子も少しおかしいと感じましたが、すぐに落ち着いたので、それほど心配しませんでした」

検校は、盲人特有の勘のよさで、息遣いや雰囲気から異変を感じ取ったようだ。そして検校は、さらに声を低めて言った。

「これは私の勘違いだったかもしれませんが……朧月の手を握りました時に、袖に触れたんです。すると袖が、なにやら湿っておりました。手を洗った時に水がついたのだろうと、たいして気にも留めませんでしたが、袖に触れた手を鼻に近づけてみましたら、血の臭いが微かにしたのです」

弥助と新七は目と目を見交わし、膝を乗り出した。

「本当ですかい？」

「はい。それで、もしや朧月はご不浄で吐血でもしたのではないかと心配になったのです。しかし口からは、そのような臭いはまったくしませんでした。だから、その時は安心したのです」

盲人は視覚に頼れない分、ほかの嗅覚や聴覚が研《と》ぎ澄《す》まされているのであろう。弥助は訊ねた。

「朧月が部屋を離れていた間に、叫び声のようなものは聞こえやせんでしたか」

検校は首を傾げ、静かに答えた。

「そういえば、小さな悲鳴が聞こえたような気もします。あれは、朧月の声だったと思います。本当に微かな声でしたが」

「朧月の？　朝霧の声ではありやせんでしたか」

「すみません。私は朝霧花魁とは、話したことがございませんので、どのような声か分かりかねます。ただ、私が聞いたあの声は、おそらく朧月のそれだったと思うのです。とにかく、女人の微かな悲鳴は聞こえたような気がします。まあ、妓楼では、あちらこちらで女人の嬌声などがよく響いておりますので、その手の類《たぐい》かと思って、気には留めておりませんでした」

弥助と新七は貴重な証言を得て、波柴検校に繰り返し礼を述べ、帰っていった。

回向院の近くの饂飩屋で、大きな油揚げが載ったきつね饂飩を啜《すす》りながら、二人は話をした。

「親分、どうします？　朧月を引っ張りましょうか」

「血がついた着物が見つかれば、動かぬ証になるな。だが、もう洗っちまったかもしれねえ」

弥助は顔を顰《しか》めつつ、油揚げを頰張る。

「いずれにせよ、朧月はやはり臭いですね」

「慎重に足固めして、動かぬ証を摑んじまおう。着物もやはり気になるから、一度、朧月の部屋を調べさせてもらうか」

二人は饂飩を搔っ込み、鰹《かつお》出汁の利いた汁を一滴も残さず飲み干すと、店を出て、お腹をさすりながら歩き始めた。

すると、少し行ったところで、ばったりと銀次《ぎんじ》とその女房のお袖《そで》に出くわした。銀次は回向院の界隈《かいわい》を縄張りとしている岡っ引きだ。銀次夫婦の後ろには、銀次の子分の金太《きんた》も控えている。銀次は強面の顔に憎々しげな笑みを浮かべ、弥助に近づいた。

「よお。相変わらず貧相だなあ。金がなくて、旨いもん食えねえんだろう。おっ、なにやら安い饂飩の匂いがするぜ」

弥助に顔を近づけて鼻を蠢《うごめ》かす銀次の隣で、お袖もふんと鼻を鳴らす。

「おかみさん、料理屋してるっていうのにね。あ、料理屋ってほどではないわね。飯屋か。酒も出さなくて昼間しか開いてないもんね」

弥助は二人に向かって、にっこりと笑った。

「あっしの食いもんの心配までしてくれて、ありがとうございやす。おかげさまで女房が作る料理は最高で、店は繁盛、あっしも毎日たらふく食べておりやすよ。しかしながら、仕事が堪らなく忙しくって、毎日走り回っておりやすんで、福々しくなる暇もございやせん。その点、お二人はいつ見ても、ともに恰幅《かっぷく》がよくて羨ましいですなあ！　さぞかし毎日お暇でいらっしゃるんでしょう」

弥助と銀次の間に火花が飛び散る。新七は弥助の後ろで、弥助を応援しながら、金太と睨み合っていた。

この銀次、齢三十三で、やけに弥助に張り合ってくる、忌々《いまいま》しい男である。弥助が岡っ引きとして名を馳《は》せ始めた頃、縄張りは違えど銀次と下手人捜しで競い合うことになり、結局は弥助が手柄を立ててしまった。そのことを、銀次は未《いま》だに根に持っているのだ。弥助がちょいと男前で、女にモテることも気に食わないのだろう。

銀次の女房のお袖は、齢三十。自分が美人だと自惚《うぬぼ》れていて、お純を見下すようなことを平気で言ったりする。小間物屋を営んでおり、化粧が濃い。銀次もお袖も躰が縦横ともに大きく、夫婦揃って歩いていると、無駄に迫力があった。

弥助に嫌味ったらしく言われ、銀次は強面の顔を鬼のように真っ赤にした。

「なにをっ。俺だって毎日忙しいんだ」

「ならば、お仕事に向かってくだせえ。あっしたちはこれから行くところがありやすんで。これで失礼いたしやす」

弥助がさっさと通り過ぎようとすると、銀次は胸倉を摑んできた。

「この野郎、相変わらず生意気じゃねえか」

「お前さん、痛い目に遭わせておやりよ」

亭主が侮辱されて悔しいのだろう、お袖も唇を嚙み締めている。すると、新七が大きな声を上げた。

「あっ！　猫が大きな鼠《ねずみ》を銜《くわ》えてやがる！」

「きゃあっ」

悲鳴を上げたのは、お袖ではなくて、銀次だった。銀次は強面ながら、鼠が大の苦手で、鼠と聞いただけで震え上がるのだ。銀次の手が緩んだ隙に、弥助は逃れ、衿元を直した。

「やだっ、どこ？　どこにいる？」

怯える銀次に、新七は指を差した。

「ほら、あっち。あの黒い大きな猫が、どぶ色のでっかい鼠を銜えていたんでさあ。……あ、こっちに向かってくる」

すると銀次は叫び声を上げて、猛烈な勢いで逃げ去っていく。

お袖が慌てて追いかけ、金太も後に続く。

「ちょっとお前さん、待っておくれ」

お袖が慌てて追いかけ、金太も後に続く。金太も躰が大きく、三人が一斉に走り出すと地響きが起きそうだ。金太は振り返り、捨て台詞を吐いた。

「覚えてろよ」

そしてまた前を向いて、親分夫婦の後を追う。三人の後ろ姿を見送りながら、弥助と新七は大きな溜息をついた。

弥助が紅花屋をまたも訪れると、さすがに主人はあまりよい顔をしなかった。

「できる限りお力添えいたしますが、うちもお客様商売ですのでねえ」

岡っ引きにうろうろされて、頻繁《ひんぱん》に上がり込まれるのは、やはり迷惑なのだろう。だが弥助は怯むことなく、食い下がった。

「すまねえが、朧月の部屋を見せてもらえねえかな」

「それはちょっと……。朧月は臥《ふ》せっておりますので」

主人はあからさまに苦々しい顔をした。しかし弥助は、誠一郎から預かった十手を見せ、凄んだ。

「なに、少しの間でいいんだ。手間は取らせねえ」

言うなり、弥助は仮宅へ上がり込んだ。

「分かりました。朧月を別の部屋に移しますので、少しお待ちください」

主人に引き留められ、弥助は息をついた。

弥助が階段の下で待っていると、少しして、遣手の克江が呼びにきた。

朧月は克江の部屋に移ったようだ。弥助は階段を踏み締めて二階に上がった。

克江の部屋は襖が閉じられていて、朧月を見ることはできなかった。克江は弥助を、一番奥の朧月の部屋へと案内した。その途中、弥助は克江に訊ねた。

「朝霧が殺された日に朧月が着ていた衣裳は、覚えているか」

「おそらく、この時季ですと、朧月さんなら、白躑躅《つつじ》の重色目《かさねいろめ》にしていると思いますので、それに合わせて仕掛けを重ねていたでしょうね」

「重色目なんてのがあるのか」

「ええ。平安の昔からありますよ。花魁の重ね着は、十二単の色使いを模してもいますからね。まあ、さすがに十二枚も着込んだりはしませんが、だいたいの彩りを真似《まね》たりしていますよ。重色目と、襲色目というのがありまして、重色目は袖口の色使いのことです」

弥助は不意に立ち止まった。

「なに、袖?」

「さようです。袖の表の色と裏の色を違《たが》えて、洒落て見せるんですよ。それにも季節ごとの決まりがありましてね。白躑躅は、表が白で裏が紫色の重色目のことで、朧月さんはその色使いの袖を好んでいらっしゃいます」

表が白の袖口ならば、血がついたら目立つだろうと、弥助は思った。

朧月の部屋の襖を開くと、弥助はすぐに薬の匂いを嗅ぎ取った。だが怪しい匂いではなく、生薬《しょうやく》のそれだ。具合が悪いというのは、やはり確かなのだろう。

朝霧の部屋よりも、調度品が多いように思えた。

弥助は、簞笥や行李のみならず、部屋の隅々まで熱心に調べた。布団の下や、畳を上げてまで探してみたが、血がついた着物などは見つからなかった。

朧月を呼んでもらった。朧月は克江に支えられ、姿を現した。寝間着の浴衣《ゆかた》に、羽織を一枚纏《まと》っただけだ。痛々しく思いつつも、弥助は訊ねた。

「殺しがあった日に着ていた衣裳は、どこにあるんだ。捨てちまったのか」

朧月は顔をいっそう青褪めさせた。こめかみが、微かに痙攣《けいれん》している。

「捨ててなんかおりません。あの日に着ていたのは、これです」

朧月は、衣紋《えもん》掛けを指差した。刺繡が一面に施《ほどこ》された薄紫色の豪華な仕掛けだ。弥助はその仕掛けに近づき、袖口を確かめた。表が薄紫色で、裏が萌黄色《もえぎいろ》だった。

「この袖は、なんていう重色目なんだ」

「藤《ふじ》、でございます。桜が終わりましたら、そろそろ藤の季節となりますので」

消え入りそうな声で言い、朧月はうつむく。

「白躑躅ではなかったのか」

「その重色目も好きですが、あの日は、藤にしておりました」

その時、眩暈《めまい》を起こしたのだろう、朧月の躰がふらりと揺れた。倒れそうになり、弥助は慌てて支えた。

「すまねえ。見せてくれてありがとうよ」

朧月の美しい形の額から、汗が噴き出していた。

「大丈夫ですか、花魁。ほら、摑まって」

克江も手伝い、弥助も一緒に、朧月を布団に横たわらせた。克江は袂から手ぬぐいを取り出して、朧月の汗を拭い、帯を少し緩める。克江は朧月の額に手を当てて熱を見て、脈も看《み》た。

「気付けのお薬を飲みましょうか。お水を持って参ります」

朧月は微かに頷く。克江は立ち上がり、部屋を出る時、弥助に声をかけた。

「花魁には少し休んでもらいます」

「もちろんだ。すまねえな」

弥助は、なにやら悪いことをしてしまったような心持ちで、頭を掻く。克江は弥助の袂を引っ張り、一緒に部屋を出た。襖を閉めると、克江は小声で告げた。

「思い出しましたよ。朝霧さん、この仮宅に移ってから、やけに仕出し料理を取って食べていたんです。殺された日にも、確か取っていましたよ。きっと、お客様と一緒に食べたのでは」

「あの時、料理は部屋に遺されていなかったがな」

「食べてすぐに片付けてしまったんだと思いますよ。この近くの、〈伊瀬半《いせはん》〉という仕出し屋によく頼んでいました。こちらに来てから、なにやら気に入った料理ができたのかもしれませんね」

「伊瀬半か。参考にさせてもらうぜ。ありがとよ」

弥助は克江の肩にそっと手を置き、目配せをする。そしてさりげなく訊ねた。

「消えた客ってのは、本当はどんな奴だったんだ」

克江は思わず口を噤《つぐ》む。唇を微かに舐めてから、そっと弥助に耳打ちした。

「すみません。それは私の口からは申せません。察してください」

弥助は小さく頷いた。

階段を下りていくと、主人夫婦と番頭が仏頂面《ぶっちょうづら》で立っていた。

「邪魔したたな」

「いえ。ご苦労様でございました」

三人は慇懃《いんぎん》無礼に声を揃える。稼業のやるせなさを痛感しつつ、弥助は紅花屋を後にした。

暮れ六つに、弥助たちは黒船橋のたもとで落ち合い、探索の結果を報せ合った。新七は新たな証言を摑んでいた。

「汐見橋《しおみばし》の近くの木戸番から、このような話を聞いたんです。数日前の早朝に、なにやらそそわそわした男が羽織を翻《ひるがえ》して急ぎ足で歩いているのを見た、と。本所《ほんじょ》のほうへ向かったようだとも、話していました」

誠一郎と弥助は、目と目を見交わした。

「木戸番は、どのような男だと言っていた」

「並みの背丈で、痩せているように見えたそうです。歳まではは っきり分からなかったようですが、枯茶色の上質な羽織を纏っていたといいますから、それなりの暮らしをしている、それなりの歳の者だったのではないでしょうか」

誠一郎と弥七は身を乗り出した。

「明け方というと、どれぐらいの刻だったのだろう」

「七つ半（午前五時頃）ぐらいだったそうです」

この時季の七つ半ならば日が出ているので、既に開けている木戸もある。

「その刻ならば、仕事を始めている商人たちはいるからな」

「木戸番が言うには、その男はこのあたりの商人ではなく、初めて見る者だったとのことです。それで印象に残っていたのではないかと」

「急ぎ足だったというが、逃げている雰囲気ではなかったのだろうか」

新七は首を捻った。

「たぶん、男は急いではいたけれど、走ってはいなかったのでしょう。それゆえ、逃げているようには思われなかったのだと」

「堂々と去るほうが、疑われねえってことはあるからな。でも、もしその男が本当に事件に関わっているとして、本所のほうに向かったってのは、手懸かりになるな。本所をもう一度、詳しく調べてみるか」

「うむ。明日は、弥助は仕出し屋を、新七は本所のほうに的を絞って調べてみてくれ」

「かしこまりやした」

弥助と新七は声を揃えた。話し合いが終わる頃には日が落ち、掘割を渡る猪牙舟も行灯を灯していた。


弥助は家に帰ると、お純が作ってくれた肴《さかな》を味わいながら酒を楽しんだ。今宵の肴は、浅蜊と韮《にら》の卵綴《たまご と》じだ。浅蜊の旨みと鰹の出汁がよく利いていて、酒が進む。お純も弥助と一緒に、一杯やった。

弥助が探索で摑んだことを話すと、お純は身を乗り出した。

「伊瀬半さんって、聞いたことがあるわ。結構、評判がよいところよ」

「明日そこへ行って、いろいろ訊いてみようと思うんだ」

「いいなあ。私も吉原では仕出し屋にいたから、興味があるな。朝霧さんって、深川に来て、どんなお料理にはまっていたのかしら」

お純はほろ酔いで、頰を仄かに染めている。弥助は微笑んだ。

「お前も明日、一緒に行くか。料理のことなら、あっしよりも閃《ひらめ》きそうだからな」

「ええっ、本当についていってもいいの？」

目を丸くするお純の盃に、弥助は酒を注いだ。

「たまには亭主の仕事を覗いてみるのもいいんじゃねえか」

「嬉しい！　お前さんと一緒に探索できるなんて」

はしゃぐお純を眺め、弥助は苦笑いだ。

「遊びにいく訳じゃねえぞ」

「分かってる。お前さんの力に少しでもなれるよう、しっかり探索しないとね」

「そんなに気張らなくてもいいぜ。お前は岡っ引きじゃねえからよ」

「あら。岡っ引きの女房ですもん。岡っ引きも同然よ」

「まったく口の減らねえ奴だ」

弥助に額を突かれても、お純は目尻を下げたままだ。だいぶ暖かくなってきた頃、少し開けた障子窓から、心地よい夜風が入ってくる。行灯の灯る小さな部屋で、弥助とお純は差しつ差されつ、盃を傾け合った。


次の日、お純は朝早くに起きて仕込みを終わらせ、お徳に留守を頼みにいった。

「主人に付き添わなければならないので、お店、お願いします」

丁寧に頭を下げるお純に、お徳は微笑んだ。

「いいよ。ゆっくりしておいで。せっかくだから、八幡様の中にある、七渡《ななわたり》の弁天様に二人でお参りしてきなよ。あそこは子宝にご利益《りやく》があるっていうからさ」

お徳は妙に嬉々としながら言うので、お純は頰を微かに赤らめた。

「あ、はい。時間があれば」

「なんなら、そのまま温泉にでもいってくれば？　温泉で二人で温もったら、子供なんてすぐにできるよお」

甲高い声で笑うお徳の前で、お純の目はいっそう垂れる。困った時にも、目尻が下がってしまうのだ。お徳の相変わらずのお節介に辟易しつつ、お純は頼み事を済ませて、戻った。

店が始まる半刻前にお徳が来てくれたので、お純は仕込みを見せて、今日の品書きの説明などをした。そして四つ半（午前十一時頃）前に、弥助と一緒に店を出た。

夫婦揃って歩きながら、近所の人たちと挨拶を交わす。お純は弥助に寄り添うように、掘割沿いの道を歩いていった。

今日も天気がよく、どこからか雲雀《ひばり》の啼《な》き声《ごえ》が聞こえてくる。弥助と知り合って七年になるが、お純は未だにこうして二人で歩くと、ときめきを感じるのだ。見慣れた深川の景色も、色づいて見える。若草色の小袖に蜜柑《みかん》色の帯を結んで、飛び跳ねるように歩くお純を眺めながら、弥助の面持ちも和らいでいた。

永代寺門前町は蛤町の隣にあるが、なかなかの広さである。伊瀬半は蓬萊橋《ほうらいばし》の近くにあり、紅花屋の仮宅とさほど離れていなかった。

仕出し屋なので中で食べることはできないが、繁盛しているようで、二十坪はありそうな板場の中で、料理人たちがせっせと働いていた。板長らしき男に、弥助が十手を見せて説明すると、奥の部屋へと通してくれた。

お茶が出され、少しして、齢三十ぐらいの料理人が部屋に入ってきた。

「ご苦労様です。紅花屋さんへの仕出し料理をいつも作っておりました、佐平《さへい》と申します」

「あっしは蛤町の弥助ってもんだ。で、こいつはあっしの女房のお純。川野って飯屋をやっていて、料理に明るいってことで連れてきた」

「川野さんって聞いたことありますよ。季節ごとに工夫を凝らした料理が美味しいって。評判いいですよね」

「まあ、本当ですか」

お純は含羞《はにか》み、頬をほんのり紅潮させる。弥助が肘で突いた。

「よかったじゃねえか。褒めてもらえて」

「素直に嬉しいです。私も、伊瀬半さんのお噂はかねがね聞いていました」

和《なご》やかに話しつつ、弥助は切り出した。

「今日訊きたいのは、紅花屋へ届けていた料理がどのようなものだったか、ってことだ。また、紅花屋の誰が頼んでいたのか分かるかい」

佐平は姿勢を正した。

「注文はいつも、番頭さんのお名前できておりました。でも……おそらく、お亡くなりになった花魁の方が頼まれていたのではないでしょうか。あの見世で花魁が殺められたという噂が広がった途端に、注文がこなくなりましたので」

「お前さんが届けにいっていたのかい」

「そうです。二日に一度はいっておりました。お昼の刻もありましたが、だいたい五つ（午後八時頃）に行くことが多かったです。お客さんと召し上がっていたんでしょうね」

「二日に一度って、結構な割合だな。いつぐらいから注文がくるようになったんだ」

「先月の半ば頃からです。今まで作ったことのない料理を頼まれたので、心配だったのですが、気に入ってもらえたようでした」

お純が口を挟んだ。

「作ったことがなかったお料理って、どのようなものだったのでしょう」

「ええ。甲斐丹《かいたん》料理というものでした。作り方は、番頭さんを介して教えてくれましたよ。それほど難しいものではなかったので、無事に作れました」

「甲斐丹料理、ですか」

お純は首を傾げた。お純も、初めて聞く料理名だった。弥助は勘を働かせた。

「甲斐や丹波《たんば》や丹後《たんご》で作られる料理なんじゃねえかな」

「ええ、私も、親分さんと同じように思っていました。地方の料理なのではないかと。ご飯もの、和《あ》え物、膾《なます》料理をよく頼まれました」

佐平はそれらの料理の詳しい作り方を、お純に教えてくれた。お純は平仮名の読み書きはできるので、それを紙に書き留めた。

お純と弥助は佐平に厚く礼を言い、伊瀬半を後にした。

お徳に言われたように、八幡様へ寄って七渡の弁天様に子宝を祈願したいとも思ったが、それはまた日を改めることにして、帰途についた。お純は、教えてもらった料理を、少しでも早く作ってみたかったのだ。

帰り道、足りない食材とお徳への手土産を買って、弥助は探索に、お純は店に戻ろうとした、その時。

どこからか、何かが破裂するような音が聞こえた。お純と弥助は顔を見合わせる。

「あの音は、いったい何なのだろう」

「たまに響いてくるのよね」

二人は不穏な思いを抱きながら、突き抜けるような青空に、目を細めた。

帰ってくると、お純は裏口から入り、板場に行ってお徳に声をかけた。

「ただいま」

「あら、お帰りなさい。早かったわね。もっとゆっくりしてくればいいのにさ」

お徳はふくよかな頬を、なにやら不服そうに、さらに膨らませる。

「長くお留守番してもらうのは、やっぱり悪いですもん……これ、心ばかりですが、お礼です。ありがとうございました」

お純は帰り道で買った、大福の包みをお徳に渡した。大福はお徳の大好物だ。

「やだ、気なんか遣わないでよ。でも、ありがたくいただくよ。大福、うちの人たち皆、好きなんだよね」

お純とお徳は笑顔で頷き合った。

お徳が帰ると、お純は一人で切り盛りした。八つを過ぎても、お客は次々に訪れる。今日のお薦めの品書きは、生姜《しょうが》を利かせたメバルのつみれ汁、もしくはメバルの衣かけ（唐揚げ）だ。お客に好きなほうを選んでもらえるが、両方頼むことも、もちろんできる。メバルといえば煮つけにすることがほとんどで、つみれ汁や衣かけに使うことは珍しいので、両方を注文する人も多かった。

怒濤《どとう》の客波が静まり、いつものように七つ（午後四時頃）に店を仕舞うと、お純は早速、佐平に教えてもらった料理を作り始めた。

食材を並べ、まずはご飯ものに取りかかる。

鯛《たい》を薄く削《そ》ぎ切りにして、葱と唐辛子を小口切りにする。そして鯛のあらと骨で出汁を取りながら、味噌汁を作る。ご飯に削ぎ切りにした鯛を載せ、味噌汁をかけ、葱と唐辛子と細切りにした陳皮《ちんぴ》（蜜柑の皮）を添える。

できあがった料理を眺め、お純は小首を傾げた。

――お味噌汁に唐辛子と陳皮というのは、なにやら不思議な取り合わせだわ。

だが、鯛のあらと骨で取った出汁の香りは、やはり食欲を誘う。お腹が鳴り、お昼を食べていなかったことを思い出した。

弥助はまだ帰ってこないので、お純は一人で味わうことにした。恐る恐る一口食べ、目を見開く。

「美味しい」

思わず言葉が漏れる。鯛の旨みがたっぷり溶け出た味噌汁に、唐辛子の辛みと、陳皮の酸味が、巧く馴染んでいる。続けて食べ、味噌汁をずずっと啜り、お純は息をついた。

——なにやら癖になる味わいだわ。香りもとてもよいし。

陳皮が、鯛の生臭さを抑えてくれているのだ。柚子《ゆず》もよいが、陳皮を料理に使うのも乙《おつ》なものだと、お純は学んだ。

——そういえば、丹波や丹後の近くには紀伊国《きいのくに》があるから、蜜柑の皮を使った料理が生まれたのかもしれないわ。紀伊国では蜜柑がよく採れると聞くもの。甲斐でも多く採れるのかしら。

そのようなことを考えつつ、次は和え物に挑む。これは烏賊《いか》の足を使う。まずは、烏賊の足を胡麻油でからりと揚げる。刻んだ葱と唐辛子、味噌、酒、味醂《みりん》を混ぜて、弱火で煮る。揚げた烏賊の足を、葱と唐辛子の旨みたっぷりの味噌で和えて、できあがりだ。

それを皿に盛り、お純はまじまじと眺めた。

——これも初めて見るような料理だわ。第一、烏賊の足って捨ててしまって、あまり食べないもの。それを揚げて、葱と唐辛子の味噌で和えるって、なにやら珍しい。

またも恐る恐る食べてみたが、こちらも意外なほどに美味で、お純は驚いた。

――私が知らない料理が、まだたくさんあるのね。烏賊の足を捨てるなんて、もったいないわ。うちのお店でも、これからは使おうかしら。

お純は感心しつつ、あっという間にこの料理も食べ終えた。


弥助が探索を終えて帰ってくると、お純は酒とともに甲斐丹料理を出した。ご飯もの、和え物、膾料理だ。膾料理は、適度な大きさに切った蒟蒻《こんにゃく》と椎茸《しいたけ》と湯葉と木耳《きくらげ》を、油で炒めて、酢と味噌で和えて作る。

弥助はそれらを眺め、喉を鳴らした。

「早速いただくぜ。しかし、どれもちょいと珍しいような料理だな」

弥助は箸を持ち、むしゃむしゃと頬張る。お純は思ったことを話してみた。

「朝霧さんが出かけた先というのは、もしや甲斐丹料理を味わえるところだったのではないかしら」

弥助は口元についた米粒を指で拭いながら、お純を見つめる。お純は続けた。

「これらの料理って、確かに珍しいわよね。あまりお目にかかれないと思うの。朝霧さんはきっとどこかでこれらの料理に出会って、一風変わった味の虜《とりこ》になったんだと思うわ」

「その出会った場所というのが、出かけた先だったというのか」

「ええ。朝霧さんが外出していたのは一月ほど前、先月の半ば頃だったでしょう。伊瀬半の佐半さんのお話では、朝霧さんが仕出しを取り出したのも先月の半ばぐらいだというし。時期もちょうど重なっているわ」

お純の勘働きを聞きながら、弥助も頭を働かせた。

「やはり朝霧は八幡様などに行った訳ではなかったんだな」

「もしかしたら、八幡様の帰りに、これらの料理を出すお店かどこかに立ち寄ったのではないかとも考えられるわよね。そういうお店が八幡様の近くにないか、調べてみたら」

「そうだな。調べてみるか」

お純はこうも察していた。

「作っていて気づいたのだけれど、これらの料理には、お酢やお味噌、陳皮、唐辛子などを使うでしょう。食材だって、鯛や蒟蒻や木耳や湯葉などを使っているわ。それらは躰だけでなく、美にもよいものよね。二番手の花魁であった朝霧さんは、その効き目も考えて、よけいにこれらの料理を求めたのではないかしら」

お純の推測を聞きながら、弥助は手を打った。

「甲斐の料理でもあるならば、もしや朝霧は、甲府勤番の与力の娘だったのかもしれねえな」

「あり得るわね。小さい頃に食べたことがあった料理だから、いっそうはまったのかもしれないわ」

「よし、それについて、林田の旦那に探ってもらおう。町方の与力しか調べてなかったみてえだから、なかなか見つからなかったのかもしれねえ」

二人は頷き合う。弥助は味わいながら、呆れたような感心したような声を上げた。

「しかしなあ。この料理は確かに旨《うめ》えが、女ってのは美しさに執着するもんだよなあ」

お純は弥助に酒を注ぎつつ、くすっと笑った。

「それは花魁だからでしょう。私なんて、執着する気持ち、さらさらないもの」

弥助は不意に箸を持つ手を止め、うつむいた。

「悪いな。あっしがこんな商売だから、お前に贅沢《ぜいたく》させてやれなくてよ。化粧道具だって着物だって、新しいのがほしいだろうに」

「やだ、お前さんったら。私はおまえさんさえ傍にいてくれれば……」

お純の目に浮かんだものを、弥助はしっかりと呑み込む。亭主の面持ちが和らいだのを見て、お純は言葉を続けた。

「私は、そのようなものには、興味がないのよ。まあ、こういうところが、遊女には不向きだったのでしょうけれど」

「でもよ、遊女っていったって、皆が皆、綺麗とは思えねえがな。あっしから見たら、お前のほうがずっといいぜ」

　お純は苦い笑みを浮かべた。

「お前さんから見たら、そうなのかもしれないけれど、大見世の遊女になるような人たちって、本当に綺麗ですもの」

「そうかな。紅花屋で花魁とも話したけれど、お前が言うほどではないと思ったぜ。そりゃあれだけ濃い化粧をして着飾っていれば、綺麗にも見えるだろうよ。でも、なんていうか、造られた花って感じだよな。お前みてえに、血の通った温かさがねえんだ」

「それは、お前さんの贔屓目よ。いいの、花魁は造られた花で。美しさを競ってこそ、なんですもの。私は競い合う前に、零《こぼ》れ落ちてしまったから」

弱々しく笑うお純に、弥助は真顔で言った。

「お前、あっしと一緒に紅花屋の仮宅へ行ってみねえか」

「えっ」

お純は身を強張らせ、言葉を失う。

「お前はかつてその妓楼にいたこともある。あっしたちと違って、中を見れば、何か気づくんじゃねえかと思うんだ。目に見えない、人間関係なども」

うつむいてしまったお純に、弥助は言い聞かせるように話した。

「逃げた男と同様に、一番手の朧月が疑われている。女のお前が朧月と話をすれば、嘘かまことが分かるかもしれねえ。どうだ、あっしに力を貸してくれねえか」

お純の心は揺れていた。弥助の力になりたいのは山々だが、なにやら怖いような気もするのだ。紅花屋で台所に回されたからこそ料理の道が開けたが、辛い思いもたくさんしたからだ。懐かしい思い出と、悲しい思い出が混ざり合って、お純は押し黙ってしまった。

「行くのは、嫌かい？」

お純は少し考えてから、口を開いた。

「朧月さんは疑われて辛いでしょうね」

「そうだろうな。何か一つでも証が出てきたら、すぐにでも引っ張られるだろう。逃げた男と共謀して殺ったのではねえかって疑いもあるからな。おまけに、朝霧に〝月〟という血文字まで残されている」

「……朧月さんは、いくつなんですっけ」

「二十三と言っていたな」

「お夏ちゃんより、一つ下なのね」

お純は思った。朧月は今きっと、とてつもなく心細いに違いない。高価な着物と簪で着飾っていたとしても、それらをすべて取り去れば、壊れそうに脆弱《ぜいじゃく》な姿が現れるのだろう。

不意にお純は、紅花屋の台所にいた時に見た、血を吐いて死んでいった花魁を思い出した。売れっ妓の花魁だったのに、病に臥し使い物にならなくなると、行灯部屋へ閉じ込めて、ろくに看病もしてやらなかったのだ。

お純は顔を上げ、弥助を真っすぐに見た。

「私、紅花屋に行く。朧月さんとお話ししてみれば、下手人かどうか分かると思う。もし無実なら、それを明かすことを考えなければ。仮宅の中も見てみたいわ」

「それでこそ、あっしの女房だ。今のお前は、女房でもあり料理人でもあるんだからよ。堂々としていればいいんだぜ」

弥助はお純の肩を抱き寄せる。お純は目尻を下げて、大きく頷いた。

四　棘《とげ》を包む

翌日、八つを過ぎて店が少し落ち着いた頃、またもお徳に留守を頼んで、お純は弥助と一緒に、紅花屋の仮宅へと向かった。

「お前がいた頃は、仮宅で営業していたことはなかったのかい」

「なかったわね。吉原でも火事は度々《たびたび》起こっていたけれど、紅花屋は運よく免《まぬが》れていたのよ」

話をしながら歩いているうちに、辿り着いた。仮宅が並ぶところを見て、お純は目を瞬かせた。

「凄いわね。なにやら吉原の一角が、そのまま移ってきたみたい」

「この間まで、提灯は飾ってなかったが、飾るようになったみたいだな。日に日に派手になってきているような気がするぜ」

「仮宅営業が儲かるって、本当なのね」

紅花屋の前に来ると、お純は大きく息を吸った。弥助はお純の背にそっと手を当て、大丈夫だというように目配せをする。そして格子戸を開け、大きな声を出した。

「邪魔するぜ」

すると、番頭の与三郎が直ちに現れた。

「ああ、これは親分さん、いらっしゃいませ」

「すまねえが、また少し、朧月に話を聞かせてもらいてえんだが」

与三郎は溜息をつきながら、二階に目をやる。弥助は怯まなかった。

「上がらせてもらうぜ。御上が煩《うるせ》えんだ」

「かしこまりました。朧月を呼んで参ります」

与三郎は答えながら、弥助の後ろに立っているお純に目をやり、首を傾げた。

「こちらは……どこかで」

「こいつはお純、あっしの女房だ。以前、こちらで世話になったとのことで、礼を言う」

弥助に背を押されて、お純は一歩前に出た。

「その節はありがとうございました。与三郎さん、お変わりなくお元気そうで」

丁寧に辞儀をするお純に、与三郎は目を瞬かせた。

「これは、……お純さん！　見違えましたよ。お幸せそうで、なによりだ」

与三郎は真に感心していて、お純はなにやらくすぐったいような思いだ。弥助は誇らしげに顎を上げた。

「蛤町で、飯屋をやっているんだ。結構、評判がいいんだぜ」

「それは、それは。お純さんは今やおかみさんで、店の女主人でもいらっしゃるのですね。いや、出世なさいましたねえ」

「そんな……」

お純は頰を染めてうつむいてしまう。お世辞も含まれているだろうが、与三郎の言葉が素直に嬉しかった。お純がここの台所にいた頃、与三郎は既に番頭だったが、優しい言葉の一つもかけてくれなかったからだ。

お純は今日、地味な紺絣《こんがすり》の着物を纏っているが、そのような装いが、よけいに落ち着いた余裕を感じさせたのだろう。

すると、三人の声が聞こえたのか、内証から主人の権蔵が出てきた。

「親分さん、ご苦労様です」

会釈《えしゃく》をしつつ、お純を見た権蔵は目を丸くした。

「おい、まさか」

「そのまさかですよ。私も吃驚《びっくり》しました。こんな形で再会が叶いますなんてね」

権蔵は腕を組み、眩しそうにお純を眺めた。

「なるほどなあ。いや、お前さんが吉原を出て、米問屋に奉公していたことは知っていたが、所帯まで持っていたとはなあ」

「ご自分のお店も持っていらっしゃるそうです」

「へえ、今や女主人か！　大したもんだ」

権蔵は目を見開く。内儀のお豊も内証から出てきて、よそよそしくお純に声をかけた。

「あら、お久しぶり。ところで親分さん、今日もまた取り調べですか」

「お願いできるかい。朧月に話を聞きてえんだ」

「いいですよ。内証でお待ちください。呼んで参りますので」

朧月は起き上がれるほどにはなったようだ。お豊は仏頂面で二階に上がっていく。弥助がお純をちらと見る。お純は目尻を下げて、優しい笑みを浮かべていた。

内証に通され、朧月を待っている間、弥助はお純に小声で言った。

「来てみたら、なんてことねえだろ。家を出る時は緊張していたけど、すっかり落ち着いてるじゃねえか」

「そうかな。やっぱり、気が張ってるわよ」

お純も小声で返し、姿勢を正した。久しぶりに妓楼の者たちに会ってみて、お豊はともかく、権蔵と与三郎の態度は違ったので、お純は少し自信が持てたのだ。

――私はもう、あの頃の惨めな自分ではないんだ。

凍りつくような寒い時季に、手をあかぎれだらけにして働いていたことを思い出し、お純の胸が熱くなる。

――今の私を見てもらえれば、お夏ちゃんも、もう私のことを莫迦《ばか》にしたりしないかな。

そのような思いが込み上げて、お純の目が不意に潤んだ。

するど襖が開いて、朧月が入ってきた。

「失礼いたします」

耳に心地よい、澄んだ声が響く。お純は目元をそっと拭って、背筋を伸ばした。

朧月は伏目がちに腰を下ろし、深々と頭を下げた。花魁の衣裳は纏っていないが、小袖の上に溥紅色の仕掛けを一枚羽織り、充分に華やかである。朧月からは白檀《びゃくだん》の香りが漂ってきて、お純はうっとりとした。

「ご苦労様でございます。よろしくお願いいたします」

丁寧な挨拶をして、朧月が頭を上げた。朧月とお純の目が合う。朧月は美しい顔をしていた。卵の形の顔に、切れ長の大きな目、筋の通った鼻、紅く小さな口。雪も欺《あざむ》くような白い肌、華奢な躰。

お純の背筋に、ぞくっとしたものが走った。

朧月を食い入るように見つめ、お純は呟いた。

「あなたはお夏ちゃん……よね」

弥助が目を見開く。朧月も、瞬《まばた》きもせずにお純を見つめている。その美しい目は確かにお夏のそれであったが、昔と違うのは、生気がまったく失われてしまっていることだった。

空洞のような目で自分を凝視する朧月に、お純は訊ねた。

「覚えていない？　お純よ。故郷が一緒だった。私は台所にすぐに回されちゃったけれど、お夏ちゃん、やっぱり凄いねえ。御職の花魁になって、今でもこんなに綺麗なんだもの。……久しぶりに会えて、嬉しい」

お純の目から涙が溢れ出す。弥助はお純の背にそっと手を当て、袂から手ぬぐいを取り出して、渡した。

朧月は二人を見つめたまま、何も答えない。弥助が訊ねた。

「お前さんがお夏だとすると、いったん別の大見世に移って、三年ぐらい前にまた紅花屋に戻ってきたってことか。この前あっしに告げた本名も故郷も、出鱈目《でたらめ》だったんだな。歳も一つ、誤魔化《みそか》していたと」

女郎の誠《まこと》と卵の四角、あれば晦日に月も出る。すべてあり得ぬことという意味の文句が、弥助の心に浮かぶ。

朧月はうつむき、唇を嚙み締めるも、毅然《きぜん》と返した。

「いいえ、違います。私はお夏という人ではございません」

押し殺した声を出され、お純は驚く。お純は瞬きもせずに目の前の朧月を見る。しかし、朧月には、お夏の面影が色濃くあった。お純は掠れる声を出した。

「でも……あなたは確かに」

朧月は鼻先で笑い、口元を歪《ゆが》めた。

「私は、あなたのことを存じ上げません。どこかで会ったのかもしれませんが、覚えておりません」

そう言うと、朧月は顔を背けた。

お純は言葉を失った。さっきまで温もっていた心が、水を浴びせられたかのように、急に冷えていく。弥助はお純に確かめた。

「この女は、本当にお夏なんだな。間違いねえな」

顔を青褪《あおざ》めさせている朧月を見ていられなくなり、お純もうつむいてしまう。

すると襖が開いて、お豊が入ってきた。

「仰るとおり、朧月はお夏ですよ。かつてお純さんと一緒にうちに売られてきた、あのお夏です。一度うちを出ていって、江戸町一丁目の大見世で玉菊と名乗って御職を張っていましたが、問題を起こしたので、またうちに返されたんですよ。そして、朧月と名前を変えた訳です」

お豊の説明を、朧月は黙って聞いている。朧月の目は再び、空洞のようになっていた。

「問題を起こしたって、いったい何をしたんだ」

弥助の問いに、お豊は大きな溜息をついた。

「身請け話がこじれて、巧くいかなくなってしまったんですよ。大店の大旦那に大金で落籍《ひか》されるはずだったのに、身請けが決まってからも、この子ったら売れっ妓《こ》を鼻にかけて、やりたい放題してね。駆け出しの絵師だった間夫《まぶ》と切れていないことが、先方に知れてしまったんです。それで先方が怒って、土壇場で身請け話はご破算に。そのうえほかのお客の売掛を回収できずに、借金まで背負わされちまって。身請けの大金をあてにしていたのに残ったのは借金ならば、見世はそりゃ怒りますでしょう。体面上、お夏のほうも居づらくなって、出戻ったたってことです。その時、この子は二十歳を過ぎていたんでね。行き場所がないようだったから、年増《としま》でも仕方なく、育ててやったうちが引き取ってあげたんですよ」

お豊の話を聞きながら、お純は朧月をちらちらと窺っていた。朧月は打ちひしがれたように唇を噛み締めている。そのような辛酸《しんさん》を舐めたことが、朧月に深い影をもたらしたのだろう。幼馴染の痛みが伝わってきて、お純の胸も締めつけられた。

お純は、お豊をきっと睨んだ。

「訳は分かりましたが、その言い方はちょっと酷くありませんか」

「は？」

お豊は口をあんぐりと開けた。お純は、もう怯《ひる》みはしなかった。

「前から思っていたんです。あなたって、恩着せがましい物言いで、遊女たちをちくちくと追い込んでいく、って。そうやって遊女の誇りを失わせて、思いのままに操《あやつ》ろうって魂胆《こんたん》なのでしょう。でも、よく考えてみてください。妓楼やあなたたちの暮らしを支えているのは、ほかでもない遊女たちだっていうことを」

部屋が、しんとなる。お豊は顔を引き攣《つ》らせ、弥助は目を丸くして女房を見つめ、朧月改めお夏はうつむいていた顔を上げた。お純とお夏の目がまたも合う。お夏の大きな黒い目は、微かに潤んでいるように見えた。

弥助がお豊に告げた。

「ご苦労。花魁と話したいんで、三人にしてくれねえか」

お豊は仏頂面で、返事もせずに出ていく。襖を乱暴に閉める音が響き、お純たちはびくりと肩を竦めた。

経緯が分かり、先ほどよりは幾分和んだ雰囲気になったものの、お夏はやはりよそよそしい。お純は謝った。

「ごめんなさい。無性に腹が立ったからつい言ってしまったけれど、私のせいで、お夏ちゃん、やりにくくなってしまったらどうしよう」

お夏は重い口を開いた。

「心配はいりません。つい言いたくなる気持ちは分かります。……でも、言ったって仕方ないんですよ、ああいう人にはね」

諦めたような笑みを浮かべるお夏を眺め、お純の胸は痛む。

お純とお夏の様子を窺いながら、弥助が口を挟んだ。

「お純、お前、何か聞きてえことはあるか」

「あ、はい。えっと……」

お純は少し考え、訊ねた。

「朝霧さんは一月ほど前に外出したようだけれど、どこへ行ったかは分からない？　朝霧さんとは話すような仲ではなかったの」

「ええ。あまり話はしませんでした。外出のことも分かりません」

「じゃあ、朝霧さんが好んでいたお菓子の名前なども知らないかしら」

「ごめんなさい、それも分かりかねます」

お夏の言葉に険はなくなっているものの、歯切れが悪い。お夏は答えながら襖のほうをちらちらと見ている。

——やはり妓楼の中では、思ったことを正直に話すのは難しいわよね。

お純が察していると、今度は若い衆の竜太が、お夏を呼びにきた。

「親分、おかみさん、すみません。花魁、そろそろ支度をしなくちゃいけませんので。今日はここらへんでご勘弁いただけませんでしょうか」

「そうか。話を聞かせてくれてありがとうよ。すまねえな、いつも」

「いえ。……では失礼いたします」

お夏はおもむろに立ち上がり、お純に目を合わせないように一礼して、くるりと背を向けた。薄紅色の仕掛けには、背中一面にも金色の刺繍が施され、眩しいほどだ。お純は思わず声をかけた。

「ありがとう。会えて本当に嬉しかった。躰に気をつけてね」

お夏は振り返ることなく、頷く。そして竜太に連れられて、内証を出ていった。

その後でお純は弥助とともに、そのままになっている朝霧の部屋を見せてもらった。お純は身を屈めて毛氈や畳の匂いを嗅ぐなどして、熱心に調べた。

「あのお菓子は、どのあたりに転がっていたの」

弥助は、朝霧が倒れていたところと、窓のちょうど真ん中あたりを指差した。

「ここらへんだ。毛氈の色と紛れてしまって、落としたほうも気づかなかったんだろう」

「確かに、目立ちにくいわね」

「奉行所のほうでは、あの菓子についてはもう調べていないようだ。毒も眠り薬も入っていなかったからな。事件には関係ないと見なしたんだろう」

「そうなんだ……」

毛氈には、血文字もぼんやりと遺《のこ》っていた。お純は顔を強張らせつつ、箪笥や行李の中も見てみる。花魁の衣裳を、お純も一応広げて確かめた。糸瓜水《へちますい》なども遺されていたので、腕につけてそちらも確かめてみたが、怪しいものは混ぜられていないようだった。

お純は二階の部屋の並び方なども確認して、階段を下りた。紅花屋を出る頃には既に薄暗くなっていて、二人は寄り添うように帰っていった。

家に戻ると、店は仕舞っていた。お徳も帰ってしまっていたが、お純たちの夕飼の分は残しておいてくれた。鴨《かも》肉の柳川《やながわ》風、店で出したもののあまりである。鴨肉と、ささがきにした牛蒡《ごぼう》と、細切りにした葱を甘辛く煮つけ、溶き卵で綴じる。それをご飯にたっぷりとかけて、できあがりだ。

お純たちはそれを味わいつつ、今日の探索を振り返った。

「で、お夏と話してみて、どう思った」

「下手人はお夏ちゃんじゃないわよ。私はそう感じたわ」

お純は食べる手を止め、弥助を真っすぐに見た。

「お夏ちゃんはそんなことをするような人ではないもの。信じるわ」

「でもよ、お夏はお前のことを軽く見ていたこともあったみてえじゃねえか。今日だって、決して態度がよいとは言えなかったぜ。お前があの内儀にびしっと言ってから、少しは改まったがな」

お純は苦い笑みを浮かべた。

「お夏ちゃんは、確かに気性が少し変わってしまったとは思うの。でも、きっと、心根は故郷にいた頃とそれほど違わないわよ。小さい頃から器量よしだったけれど、人を嘲《あざけ》ったり、莫迦にするようなことは決してなかったもの。吉原という特別なところが、お夏ちゃんの心を歪《いびつ》にしてしまったのよ」

花魁として大成するには、時には優しさというものを封印しなければいけないのだろうと、お純は分かっている。優しさや思いやりが邪魔になってしまう仕事だってあるのだ。お夏はきっと、花魁に相応しい気性に自らを合わせていたのではないかと、お純は思った。

弥助も食べる手を止め、腕を組んだ。

「お夏は身請け話がこじれたのが、応えただろうな。それでいっそう、歪《ゆが》んじまったのかもしれねえ」

お純の胸が詰まり、不意に涙がこぼれた。故郷で一緒に無邪気に遊んでいた頃のお夏の顔と、今日の空洞のような目のお夏の顔が、重なり合う。

「泣くなよ。まったくお前は泣き虫なんだからな。垂れ目のくせによ」

「なによ、垂れ目は関係ないじゃない」

洟を啜《すす》りながら言い返すお純に、弥助は微笑んだ。

「お前がお夏を庇いたい気持ちは分かったぜ」

「庇いたいんじゃなくて、信じているの。だって私は、故郷にいた頃の、草花や生き物を大切にするお夏ちゃんを知っているんだもの。私のお父っつあんとおっ母さんが亡くなった時だって、お夏ちゃんは私と一緒に泣いてくれたんだ。お夏ちゃん、私の肩をずっと抱いていてくれたのよ」

その時のお夏の温もりが、お純の肩にまだ残っているのだ。

――あの時のお夏ちゃんが、本当のお夏ちゃんなんだ。吉原に売られて、これ以上心が傷つけられないよう、鎧《よろい》を纏ってしまっただけなんだ。

お純も苦労したが、お夏だって様々なことがあったみたいだ。身請けに失敗した出来事がお夏を苛《さいな》み、それが険のある雰囲気を作ってしまい、紅花屋に戻ってからもさらに身請け話を遠ざけているのかもしれない。そう思うと、お純はお夏をどうしても助けてあげたかった。

お純は突如、姿勢を正して、弥助に向かい合った。

「お前さん。私、どうしてもお夏ちゃんと、もう一度話してみたいの。今日、仮宅に行って分かったわ。あれでは、誰も本音では話せてないはずよ。ねえ、どうにかできないかしら」

弥助は鼻の頭を擦った。

「まあ、できなくもねえけどな」

「お前さん、お願いっ」

お純は弥助に向かって、手を合わせた。

翌日、早速、弥助は誠一郎と策を練り、新七も連れて三人で紅花屋の仮宅へと赴き、主人に告げた。

「朧月花魁に詳しく話を聞きたいので、番所への同行を願う」

主人の権蔵は面食らったような顔をしていたが、同心に睨まれ、渋々と言うことを聞いた。お夏が引っ張られていく時、妓楼の者たちが玄関先へと集まってきた。その中で、若い衆の竜太が何か言いたそうな顔をしていたが、お夏に声をかけることはなかった。

弥助たちはお夏を連れて、近くの番所へ向かった。番所ではお純が待っていて、お夏が現れると、お茶を淹《い》れて出した。お純は弥助たちに目配せし、奥の部屋で、お夏と二人きりにしてもらった。

お夏は怪訝《けげん》な顔で、お純を見る。お夏は確かに美しいが、疑われる者の哀しみや苦しみが滲《にじ》み出ていて、疲れが見えた。お純はお夏を痛々しく思いながら、声をかけた。

「忙しいのに、ごめんなさい。仮宅の中では自由に話せないだろうと思って、ここに来てもらったの。ここでなら、正直なことを話せるでしょう」

するとお夏は顔を背けた。

「知ってることはすべて話したわ。なによ、何度も呼び立てたりして」

「謝るわ。本当にごめんなさい」

お夏はお純を睨み、語気を荒らげた。

「あなたなんかに、私の気持ちは分からないわ。さっさと吉原から出ていったくせに」

お夏の言葉が、胸に突き刺さる。本音をようやく聞けたような気がしたが、それはお純にとって悲しいものであった。

「……ごめんなさい」

お夏はそっぽを向き、薄暗く狭い部屋の中で、壁に凭《もた》れる。お純は包みを取り出し、そっと開いて、お夏の前に置いた。お夏はそれを眺め、ゆっくりと目を瞬かせた。それは、二人の故郷の、仙台の料理だった。

「ずんだ餅《もち》よ。小さい頃、よく一緒に作って食べたでしょう。あ、今はずんだ（枝豆）の時季じゃないから、サヤエンドウで作ったの。でも、こちらも結構美味しいから、食べてみて」

お純は早く起きて、お夏のために、お夏が好物だった料理を作って持ってきたのだ。鮮やかな緑色の餡がたっぷりと絡んだ団子は、甘く優しい香りを漂わせている。

お夏はそれをじっと見ていたが、顔を強張らせて、包みごと手で払いのけた。湿気《しけ》て黒ずんだ畳の上に、爽《さわ》やかな色の餡が飛び散り、団子が転がる。

お純は、あ、と小さな声を上げて、それを拾い集めた。小さな躰を縮こまらせて、お純は畳を拭う。お夏は険しい目つきで、お純の背中を睨む。

お純はずんだ餅を片付けると、お夏に頭を下げた。

「ごめんなさい。気に障るようなことをしてしまって」

「分かってるのなら、帰ってよ。いくら私をここに留めておいても無駄よ。もう話すことは何もないもの」

よほど矜持《きょうじ》を傷つけられたのだろう、お夏は柳眉《りゅうび》を逆立てている。お純は声を微かに震わせた。

「私、お夏ちゃんが下手人ではないって、信じているの。本当の下手人を突き止めたいのよ。だから、もっと話を聞かせ……あっ」

お夏は温くなったお茶を、お純の顔に浴びせた。お純は言葉を失い、呆然とする。こっそり様子を窺っていた弥助が、部屋に飛び込んできた。

「おい。いくら苛立っているからといって、そこまですることはねえだろう」

弥助はお夏の手首を摑んで、凄んだ。お夏は眉を顰《しか》めつつ、鼻先で笑った。

「別にいいですよ、罰せられたって。いっそ、そのほうが楽になれますからね」

強がりながらもお夏の声はか細く、弥助は不意に力を緩めた。そして袂から手ぬぐいを取り出して、お純に渡した。

「大丈夫か」

亭主の言葉に、お純は微かな笑みを浮かべて頷く。そのようなお純を、お夏はまたも空洞のような目で見ていた。

お純とともに弥助も粘ったが、お夏は結局、それからは無言を貫いた。

薄暗い番所の部屋の中、刻は経ち、三人とも憔悴してきた。木戸が閉まる刻が近づいてきて、弥助が苦々しい顔で言った。

「早く解決しねえとよ、次はお前さんが殺されることになるかもしれねえぜ」

お夏は、ふっと笑みを浮かべた。

「それもいいかもしれませんねえ」

お純はお夏を見ていられないかのように、目を伏せる。お夏は番所に留め置きとなり、弥助はお純を連れて、帰った。店に戻る途中、お純はうつむいたまま、言葉少なだった。弥助はそんな女房の肩に、そっと腕を回した。

翌朝、弥助は新七とともに番所に赴いた。お純はお夏を心配していたが、一緒に行こうとはしなかった。自分がいると、お夏の気持ちを逆撫でしてしまうかもしれないからだ。お純は、弥助に任せることにした。

ところが、弥助と新七が番所を訪れると、番人が青い顔で告げた。

「すみません。お夏が勝手に出ていってしまいました」

「なに？　どういう訳だ」

弥助は番人に摑みかかった。

「半刻（およそ一時間）前、部屋を覗いてみたら、お夏が寝そべって苦しんでいたんです。額に玉のような汗を浮かべていて、発熱していることは確かでした。苦しい、お腹が痛い、と言いますので、慌てて医者を呼びにいったんです。そして戻ってきましたら……姿がなかったんです」

「具合が悪かったというのは本当なんだな。その躰で逃げたってことか」

「さようです。よくあの状態で出ていけたと思います」

弥助と新七は直ちに番所を飛び出し、お夏を捜しに走った。

「まさか……死のうなんて思ってませんよね」

「いや、それはねえだろう。仮宅へ戻ったんじゃねえかな」

そう察して、仮宅へ向かったが、主人曰《いわ》く、お夏は帰ってきていないとのことだった。弥助は凄んだ。

「匿《かくま》っている訳じゃねえよな。そんなことしたら、身のためにならねえぜ」

「とんでもございません。お疑いになるのでしたら、隅々までお捜しください」

主人の言葉に嘘はなさそうだが、弥助は一応、新七に仮宅を調べさせることにした。そして自分は外へ出て、あちらこちらを捜し回った。

――いったい、どこへ行っちまったんだ。

駆け回る弥助の額に、汗が薄らと滲んでくる。まだ朝早いが、ほかの妓楼の者たちもちらほら姿を見せ始める。弥助は大きな声で繰り返し訊ねた。

「紅花屋の朧月花魁を見なかったかい」

声をかけられた者たちは首を傾げるばかりだったが、近くにある小さな稲荷から、犬がけたたましく吠《ほ》える声が聞こえてきた。弥助は何かを察知し、稲荷に走った。

弥助の勘は当たり、お夏はその小さな稲荷の裏で倒れていた。草が生い茂る、人気《ひとけ》のない場所だ。

弥助は慌てて駆け寄った。お夏は頭を強くぶつけたか殴られたらしく、血を流している。幸いなことに息はあり、気を喪《うしな》っているだけのようであった。発熱しているのは確かで、額が燃えるように熱い。

弥助はお夏の様子を窺いつつ、判断した。

――妓楼に戻すよりも、うちに運んだほうがいいだろう。

弥助はお夏を担いで、速やかに稲荷を離れ、少し行ったところで町駕籠を拾って乗せた。

「蛤町まで頼む」

行き先を告げ、弥助は駕籠に付き添うように、駕籠舁きとともに歩を進めた。無事に川野まで運ぶと、弥助は戸を叩いた。

「あっしだ。開けてくれ」

ちょうど仕込みをしていたお純は慌てて戸を開き、動転した。お夏が頭から血を流して、弥助に担がれていたからだ。

言葉を失い震えるお純に、弥助は低い声で告げた。

「落ち着け。息はある。とにかく、そこの座敷に寝かせよう」

「はっ、はい」

弥助はお純と二人でお夏を運び、店の座敷に横たえさせた。二階へ運ばなかったのは、医者に診せる前に、あまり動かしたくなかったからだ。

「お夏ちゃん、しっかりして」

お純は取り乱し、涙ぐむ。弥助はお純をなだめ、落ち着かせると、医者を呼びに走った。

医者を待つ間、お純は濡らした手ぬぐいで、お夏の顔についた血をそっと拭き取り、顔色を絶えず窺っていた。熱を出していることも分かったので、水で濡らして絞った手ぬぐいを、額に当てた。

お純がお夏の手に触れると、お夏の指が微かに動く。お純はお夏の白く細い指を、優しく撫で続けた。

程なくして、弥助が医者を連れてきて、お夏を診てもらった。

「頭を強く打ったようだが、大丈夫だろう。ただ、だいぶ躰が弱っているようなので、滋養のあるものをしっかり食べさせて、暫くは静かに休ませたほうがよい」

このあたりでは評判のよい医者の見立てを聞いて、お純はひとまず安堵《あんど》した。

医者が帰ると、お純は二階から掻巻《かいまき》を運んできて、お夏にかけた。そして今日は店を休むことにして、お純は看病を続けた。お純はずっとお夏の手を握り、汗を拭ったり、胸のあたりを優しくさすったりしていた。医者に教えてもらったとおりに、傷を覆《おお》う晒《さら》し木綿《もめん》を丁寧に取り換え、薬を塗り直すことも忘れなかった。

お夏が目を開けたのは夜の五つ（午後八時頃）過ぎで、お純は思わず涙ぐんだ。お夏はぼんやりとしながらも、お純の手をそっと握り返した。それが嬉しくて、お純の心は温もっていく。

意識が戻っても、お夏はなかなか喋らなかった。お純と弥助も、ただ静かに見守っていた。

お夏はまだ身動きができないので、お純が白湯《さゆ》を匙《さじ》で掬《すく》って飲ませた。お夏は初めはバツが悪そうだったが、喉が渇いていたのだろう、懸命に飲んだ。お純は微笑みかけた。

「お夏ちゃん、お腹は空いていない？」

お夏は何も答えず、首を微かに横に振る。弥助が訊ねた。

「仮宅へ逃げ帰ろうとした途中で、襲われたって訳か。お前さんを襲った者は誰か、心当たりはあるのかい」

お夏は無言のままだ。弥助は息をついた。

「まあ、話せるようになったら、話してもらうぜ。それまでゆっくり休んでな」

無反応のお夏を、お純も手伝って弥助に負ぶわせ、二階へと運んだ。二階には二部屋あるので、その一つにお夏を寝かせることにした。

お純は甲斐甲斐しく世話を焼いた。身動きできないお夏に襁褓《おしめ》をあて、その取り換えまでも。

お夏は、初めは嫌がり、拒《こば》んだ。だが、自力で厠に行けないので仕方がない。頬を紅潮させつつも、やがて諦めてお純に従った。お純はお夏を思い遣り、努めてさりげなく、でも丁寧に看病を続ける。

夜も更けてきた頃、お純はお夏に告げた。

「お水が飲みたくなったり、お腹が空いたり、何かあったら、遠慮なく声をかけてね。隣にいるから」

すると、お夏がぽつりと呟いた。

「……ありがとう」

その蚊の鳴くような細い声は、お純の胸に響いた。お純は笑みを浮かべて頷き、お夏に搔巻きをかけ直して胸元をそっと撫でた。お純の心は温もり、お夏の面持ちも、どことなく和らいでいた。

お夏は翌日も水しか飲めなかったが、薬が効いたのか熱は下がり、頭の痛みもだいぶ治まったようだった。お純は店を開けながらも、お夏の看病に励んだ。

翌々日には、お粥を食べられるようになった。お純に匙で掬って食べさせてもらいながら、ゆっくりと目を瞬かせる。

お夏は粥を呑み込み、息をついた。

「……どうして私に優しくしてくれるの」

お純とお夏の目が合う。お純は穏やかな声で答えた。

「だって、私たちは故郷にいた頃から、仲がよかったじゃない。お夏ちゃんが困っていたら、放っておけないもの」

障子窓から、朝の日差しが注ぎ込み、どこからか雲雀の啼き声が聞こえてくる。お夏のやつれた頰に、涙がすっと零れた。

堰《せき》を切ったように、お夏は泣いた。お純はお夏の瘦せた肩をさすりながら、手ぬぐいで涙を拭う。

涙が収まってくると、お夏はぽつぽつと語り始めた。

「番所から勝手に妓楼へ戻ろうと思ったの。だって……私、何も悪いことをしていないから。そして、その帰り道で、二人組の男に襲われたの」

「怖かったでしょう」

お純が手を握ると、お夏は微かに頷いた。

「稲荷の裏に無理やり引っ張っていかれて……揉み合いになった。二人とも頭巾《ずきん》を被っていたけれど、そのうちの一人は、朝霧さんの逃げたお客さんだったようにも思えたわ」

お純は真剣な面持ちで耳を傾ける。

お夏は続けた。

「私は必死で抗《あらが》ったわ。そして、その男の指を思いきり噛んでやった。そこで、もう一人の男に頭を殴られて、ふらりとして倒れたの。頭の中には……故郷の景色がぼんやりと浮かんでいた。それで、思ったの。仙台に帰るんだな、って。ようやく、故郷に帰れるんだな、って。だから、このまま死んでも怖くないって」

弱々しく微笑むお夏の手を、お純は強く握り締めた。

「よかった。お夏ちゃん、生きていてくれて。本当によかった」

お夏は頷き、お純の手に、自分の手を重ね合わせる。お純は訊ねてみた。

「逃げたお客というのは、本当に色白で二枚目の若旦那風の人なの？」

「……違うわ。商家の番頭風の男で、歳は四十代半ばぐらい、背丈は普通の細身で、海老茶《えびちゃ》色の着物を着ていた。それが客の本当の姿よ。私の言うことを信じて」

お純が本当に自分を心配していることが伝わったのだろう、お夏は素直になり始めたようだ。お純は大きく頷いた。

「前から言っているでしょう。私はお夏ちゃんのことを信じている、って。だからお夏ちゃんも、私を信じてほしい」

お夏の目が潤む。吉原でいろいろな思いをして、お夏はおそらく人を信じることができなくなっていたのだろう。だがお純の優しさに触れ、お夏の心も変わってきたようだ。

妓楼の主人夫婦の目を離れ、お夏はお純に正直なことを打ち明けた。

「朝霧さんのお客さんについて、皆、若旦那風と言っていたと思うけれど、あれは、おとうさんに言われていたからなの。訊かれたら、こう答えろ、って」

「ご主人は下手人を庇っているってことかしら」

「詳しくは知らないけれど、お客さんはお金持ちで、お金で揉み消そうとしたのかもしれないわ。おとうさんがどういう人か、お純ねえさんも知っているでしょう？　朝霧さんを殺めた口止め料として大金を積まれたら、おとうさんなら言うことを聞いてしまうわよ」

「なるほど、あり得るわね」

権蔵の気性を知っているお純は、深く頷く。妓楼の主人らしく、金子に滅法《めっぽう》弱いのだ。

躰は弱っているものの、お夏の目には生気が宿り始めている。お純は思い切って訊いてみた。

「朝霧さんが殺された日、お夏ちゃんは接客中に一度、部屋を離れているのよね」

お夏は溜息をついた。

「そのこともあって、疑われてしまったみたいね。そのとおり、私は一度、席を立ったわ」

「ご不浄に行ったのでしょう」

「ええ。でも……それだけではなかったのよ」

お夏は顔を微かに青褪めさせた。

「実は私ね、仮宅に移ってから、朝霧さんのことが、気に懸かって仕方がなかったの。私も、朝霧さんが一月ぐらい前に出かけて翌日に帰ってきたことに、気づいていたわ。その頃から、朝霧さんの態度がいっそう悪くなっていったの。ますます生意気になって、お金遣いも荒くなったわ。私のことまで蔑んだ目で見るようにもなって……」

「やはり外出した時、きっと何かがあったのね」

お純は目を泳がせる。

「とにかく、私は朝霧さんのことを常に意識していたの。……殺気とまでは言わないけれど、なにやらおかしなものを感じていたから」

お純は少し考え、訊ねた。

「逃げたお客さんは、仮宅に移って、睦月《むつき》の初め頃から来るようになったというのは本当なのかしら。ご主人はそのように答えたみたいだけれど」

「それは違うのではないかしら。あのお客さんが来るようになったのは、朝霧さんが外出した後、如月《きさらぎ》の半ばぐらいからよ。よく訪れていたわ」

「ありがとう、教えてくれて。それもご主人の嘘だったという訳ね」

二人は頷き合う。お夏は、こうも言った。

「取り調べの時、私もおとうさんから言われたの。逃げた男の人相を訊かれたら、こう答えろと。背が高くて、少しふくよかな色白の二枚目、って。それで私が訝しげな顔をしたら、おとうさんが言ったの。お役人に口止めされているから従わないと拙《まず》い、店を続けられなくなるかもしれない、って」

「お役人？」

「口からの出任せかもしれないけれど、おとうさんは切羽詰《せっぱつ》まった面持ちだったわ」

お純はお夏を真っすぐに見た。

「お夏ちゃんが見た男は、木戸番が見かけたという男と、ほぼ一致しているの。その男は、急ぎ足で本所のほうへと向かったみたい。やっぱり、その男が下手人よ、きっと」

だが、逃げた客がどこの何者であるかは、お夏も分からないようだった。

「あの日は、向かいの部屋で、遅くまで宴会を開いていて、三味線の音が九つを過ぎても聞こえていたわ。私が席を立ったのは、その三味線の音色に混ざって、なにやら物音が聞こえたからなの。悲鳴というのではなくて、何かが倒れるような。それで酷く胸騒ぎがして、廊下に出て、取り敢えず厠に行って気を落ち着かせて、戻ってくる時に、朝霧さんの部屋の前で足を止めた。襖の隙間から覗き込んだら、見えたの。……朝霧さんが毛氈の上に倒れて、うなじから血を流しているのが」

その時の様子を思い出したのだろう、お夏の顔が強張る。お純も息を呑んだ。

「私は思わず小さな悲鳴を上げてしまったわ。とにかく朝霧さんを助けようと思って、部屋の中に入った。そして抱き起こす時に、仕掛けの袖に血がついてしまったの。近くで見て、絶命していることが分かったから、気が動転したわ。お見世の人に伝えようとして、はたと気づいたの。袖に血がついてしまったから、もしや自分が疑われることになるのではないか、って。朝霧さんと私が敵対する仲であったのは、お見世の誰もが知っていることだった。それならば、ここは騒ぎ立てずに、部屋にそっと戻ったほうが賢明だろうって、咄嗟《とっさ》に判断したの」

お夏は一息に話し、喉を鳴らす。お純は匙で掬って、水を飲ませた。

お夏が接客していたのは、幸いなことに盲人であった。血のことは気づかれないと思ったに違いない。だがお夏は、同輩の死体を見た衝撃は易々とは消せなかった。それゆえに、接客中だった検校には、お夏が戻ってきた時に息が上がっているように感じられたのだろう。

「その血がついた着物は、どうしたの」

「血がついたところを鋏《はさみ》で切って、袖を縫い直したわ。その時の着物の袖口は、白躑躅の重色目で、血がついて目立ってしまったから」

「切った袖は捨てたのね」

「ええ。風呂敷に包んで、近くの掘割に放り投げたわ」

「ならば、決して見つかることはないわね」

二人は目と目を見交わし、頷き合う。

お夏はお純に訴えた。

「私は確かに朝霧さんを疎ましく思っていたけれど、殺めるなんてことはしていないわ」

「分かっている。……それを確かめたくて、番所に来てもらったんだけれど、怪我をさせることになってしまって、ごめんなさい」

お純の目が不意に潤む。お夏は首を微かに横に振った。

「おねえさん、信じてくれていたのね。こんな私のことを」

「当たり前じゃない。お夏ちゃんを襲った者たち、絶対に許さないわ。うちの人に必ず捕まえてもらうからね」

お純はお夏の手を握る。お夏は思い出したように、このようなことも話した。

「気を失いかけている時に、男たちが話していることが、薄らと聞こえたの。オウムがない、って言っていたわ」

「オウムって、あの鳥のオウム？」

お純は目を丸くする。

「ええ。たいへんだ、早く探せ、とも言っていたような気がする。オウムって珍しい鳥だから、やはり高価なのでしょうね」

お夏の話から察するに、お夏が倒れた後で、男たちはオウムを探していた。ところがお夏を探す弥助の大きな声が聞こえてきたので、男たちは逃げてしまったようだ。

「その人たちは、オウムを見つけたのかしら」

「あった、と言っていたような気がするから、摑まえて逃げたのではないかしら」

「重要な話を聞かせてくれてありがとう。うちの人に伝えておくわね」

お夏は頷き、微かな笑みを浮かべた。そして目を閉じる。いきなり話して、疲れたのだろう。

お純がそっと搔巻きをかけ直すと、お夏は再び目を開いて細い声を出した。

「私はもう二十四なの」

お純はお夏を見つめる。目をゆっくりと瞬かせ、お夏は続けた。

「そろそろ身請けされたいけれど、なかなか話が纏《まと》まらないの。前の見世でも、失敗してしまって、借金まで背負わされて。そのせいで人を信じられなくなって、心まで歪んでしまった」

「そんなことない。駄目だよ。自分のことをそういう風に言っては」

お夏は首を横に振った。

「ううん。分かっているの。歳を取っていくばかりで、このまま花魁を続けていても、いつかは誰かに追い越されるわ。毎日、焦りと不安の中で生きているの。正直、私より四つ下の朝霧さんのことが怖かった。若くて勢いがあったから。若いって、輝かしいけれど、愚《おろ》かしいことでもあるのね。……若い頃、お純ねえさんに生意気な態度を取ったりして。ごめんなさいね」

お夏の目から零れる涙を、お純は手ぬぐいで優しく拭う。お純は思った。お夏は、やはり心根は綺麗なままなのだと。お夏の素直な言葉は、お純の胸に沁み入った。

お純とお夏が打ち解け合っていた頃、弥助は誠一郎と相談していた。お夏を家で預かっている間に、探索を進めて下手人を挙げてしまおう、と。だが、お夏が川野にいることを、悪党どもや妓楼の主人や、はたまた銀次などに知られると拙《まず》い。

「お夏を襲った者たちは、死んだかを確かめに、稲荷の裏手に引き返したと思うんです。ところがお夏は姿を消していたから、今頃、血眼《ちまなこ》で探しているんじゃねえかと」

「そうだろうな。勘のいい者たちならば、お前を疑ってくるかもしれない。お夏の身辺を探っていた岡っ引きということでだ。弥助、くれぐれも気をつけろよ」

「はい。そこは気取られねえよう、注意しやす」

「頼んだぞ。お夏は、失踪したということにしよう。妓楼の主人には、番所から逃げて姿をくらませてしまったみたいだ、我々もその行方を追っている、と伝える」

「分かりやした。お夏は必ず守りやすぜ」

二人は頷き合った。

弥助は様子を見に、一度家に戻った。お純は仕込みをしていたが、亭主の顔を見るなり手を休め、お夏から聞いたことをすべて話した。弥助は腕を組んだ。

「襲った奴らは、オウムがない、と言ったってのか。オウムといえば、将軍や大名が飼うほかは、見世物小屋にいるし、鳥屋でも売っているな。もともとは異国の鳥だよな」

「花鳥《かちょう》茶屋にもいるんじゃないかしら。オウムを置いていて、甲斐丹料理も出している花鳥茶屋があるとして。朝霧さんを殺した男、すなわちお夏ちゃんを襲った男というのは、そのような花鳥茶屋で働いているのよ。朝霧さんはその花鳥茶屋に行き、そこでその男と知り合い、料理とも出会ったのでは」

「そして事件が起きたという訳か」

「そう。花鳥茶屋に絞れば、それほど多くはないからすぐに分かるのではないかしら」

花鳥茶屋とは、珍しい草花や鳥を眺めながら寛《くつろ》げる茶屋のことだ。

弥助は息をついた。

「確かにお前の察しは鋭いけどよ。そういう花鳥茶屋がもしあれば、もっと話題になって、知られている気もするぜ。俺は聞いたことがねえんだよな。お前はあるかい？」

お純は首を傾げた。

「私も聞いたことはないわ。……でも、お夏ちゃんなら知っているかも。後で訊いてみるわね」

「おう。その答えを待つ間、ひとまず調べてみるか」

「頼んだよ、お前さん」

お純に見つめられ、弥助は大きく頷いた。

弥助は花鳥茶屋を探す前に、一応、稲荷へと戻って現場を確かめた。もしや生い茂る草の中にオウムがいるのではないかと思ったが、いなかった。

——奴らがなくしたってのは、本当に鳥のオウムだったのだろうか。お夏が聞き間違えたんじゃねえかな。

別の物をなくしたのではないかと探してみたが、それらしき物は何も見つからなかった。お夏が言ったように、男たちは摑んで逃げたと思われた。

翌日になると、お夏は躰が少しずつ動くようになった。お純は訊ねてみたが、お夏も凝った料理を出す花鳥茶屋に心当たりはないようだ。弥助はお夏に力添えしてもらい、逃げた男の似面絵を新たに作ることができた。

それを手懸かりに探ると、目撃したという者が木戸番のほかにも現れ始めた。

男はやはり本所のほうへ逃げ込んだようで、その噂をどこからか聞きつけたのか、そのあたりを縄張りとする銀次も乗り出してきた。弥助と新七が本所を探っていたところ、またも銀次と金太にばったり出くわした。銀次は相変わらず憎々しい面持ちで、弥助に凄んだ。

「おう。件の男、俺たちのほうが早く見つけてやるから、覚悟しときな」

「それはこっちの台詞でい」

弥助も負けじと凄む。その隣で金太と新七も睨み合っている。

「偉そうなことを言って、泣きを見るんじゃねえぞ」

「お前もな」

弥助と銀次は肩をぶつけ合いながら、通り過ぎた。新七と金太も舌を出し合いながら、行き過ぎる。

「いつ見ても不愉快な奴らですね、親分」

「手の内は見せねえように、探索を進めようぜ」

弥助と新七は意気込むも、なかなか手懸かりは摑めない。男が落としていったと思しき菓子と同じものを売っている店も、未だに見つからない。

並行して件の甲斐丹料理を出す店というのも探っていたが、こちらもなかなか突き止められなかった。


お純も、お夏のために一肌脱ごうとしていた。七つ（午後四時頃）に店を仕舞うとすぐ、探索に走った。

——朝霧さんはきっと、甲斐丹料理が出された場所で男と知り合い、深い仲になって、痴情のもつれの果てに殺められたんだわ。

お純はそう察していた。甲斐丹料理についてもお夏に訊いてみたが、やはり知らなかった。

——十《とお》の時から吉原にいるお夏ちゃんが、あのような珍しい料理を知っている訳がない。つまりは外でしかお目にかかれない料理で、朝霧さんが出会ったとしたら、如月に外出していた時しかないもの。

お純は広い門前町を走り回ってぐったりしながら、家に戻ってきた。もう一度、甲斐丹料理を作ってみようと思ったが、その前に、お夏のために菓子を作った。それを盆に載せて二階へ運ぶと、お夏は頬を緩めながら半身を起こす。

「本当に作ってくれたのね。ねえさん、ありがとう」

お夏はお純に頭を下げ、匙を取り、ずんだ餅を口にした。番所で、お夏が払い除けたものだ。今朝、お純が食べたいものを訊くと、お夏がこの菓子の名を答えたのだった。

「美味しい……とっても」

お夏は満面に笑みを浮かべ、爽やかな若草色のそれをゆっくりと味わう。その姿を眺めながら、お純は目元をそっと拭った。

お夏はずんだ餅を食べ終え、お茶を啜った。

「ご馳走様でした。……ところで、こちらも綺麗ね。このようなお菓子は、初めて見るわ」

お純が用意した菓子は二皿だった。もう一つの皿を眺めて、お夏は目を瞬かせる。白玉団子に、とろりとした紅い餡がかかり、眩しい彩《いろど》りと甘やかな香りを放っている。

「お夏ちゃんにぴったりのお菓子でしょう？　食べてみて」

お純に微笑まれ、お夏は匙で掬って顔に近づけた。うっとりしつつそれを口にして、お夏は目を瞠った。

「林檎でも木苺《きいちご》でもない、初めての味だわ。香り高くて、上品で」

「これはね、薔薇《そうび》の花びらで作った餡なの」

薔薇の餡と聞いて、お夏はますます驚く。薔薇が咲く季節になると、お純は仕入先に声をかけて、それを集めてもらうのだ。薔薇の花びらから作る餡は、川野の甘味《かんみ》の目玉の一つで、特に女のお客には大好評だった。

お夏も目を細めて味わう。

「凄いわね。このような料理を考えるなんて。繁盛しているのも分かるわ」

「そんな。ただ料理が好きなだけよ」

「薔薇の花びらを、このように変えてしまうなんて。……なにやら、異国の料理みたい」

「え、そうかしら。なんだか照れちゃう」

お純はソバカスの多い頬を赤らめる。お夏はこちらも綺麗に食べ終え、お茶を啜った。

「だいぶ食欲が出てきたみたいね。よかった」

「ねえさんの料理が美味しいからよ」

二人は微笑み合う。薔薇の餡を口にして、薔薇を好んでいたという朝霧を思い出したのだろうか、お夏はぽつりと言った。

「お純ねえさんの声って、朝霧さんの声に、なんだか似ているの。なんていうか、ちょっと高くて、可愛らしい、鶯《うぐいす》のさえずりのような声。朝霧さんって背格好も、お純ねえさんみたいな感じだったわ」

「そうなんだ。でも、朝霧さんは美人だったというから、顔はまったく違うわよね。目だって、こんなに垂れていなかったでしょう」

お純は指で目尻を下げて、おどけてみせる。お夏はそんなお純をじっと見つめた。その食い入るような眼差しに、お純は一瞬たじろぐ。

「な、なによ。そんなにじっくり見て」

「ねえさん、綺麗になったなあって思って。弥助さん、素敵な旦那さんなのね」

お純は頰を紅潮させた。

「そ、そんな。私、ソバカスだって未だに多いし、着ているものだって粗末だし、胸だってぺちゃんこだし」

お夏は、くすりと笑った。

「謙遜しないでよ。兎《と》にも角《かく》にも、ねえさんが幸せだって分かったわ。羨ましくて……少し悔しいな」

「お夏ちゃんたら」

お夏の美しい額を、お純は指で優しく突《つつ》いた。


お純は板場に戻って皿を片付けると、もう一度、甲斐丹料理を作ってみた。そして、気づいた。唐辛子や陳皮や木耳を使うこれらの料理には、なにやら異国の香りがすると。先ほどお夏が薔薇の餡に対して、異国の料理みたいと言ったことが、耳に残っていたからだ。

──仕出し屋の佐平さんが教えてくれた料理の名前から、甲斐や丹波や丹後の料理だと思い込んでいたので、勘が鈍ったんだわ。

お純は首を傾げた。

弥助が帰ってくると、お純は作った料理を並べて話した。

「朝霧さんが先月に出かけた先というのは、もしや異国に関わるところだったのではないかしら。そこでこれらの料理を味わったのだわ、きっと」

「異国に関わるところで、このような料理を出すところか。……果たしてどこなんだ。そこで番頭風の男と知り合ったってのか」

見当がつかず、弥助は唇を尖らせる。

「そこがどこか分かれば、真相、そして下手人を突き止められるような気がするの」

二人は目と目を見交わした。

五　明日に咲く

弥助は探し回った。しかし、甲斐丹料理を出す店はなかなか見つからず、異国風の料理を出す店をあたってみても手懸かりは摑めない。花鳥茶屋もすべてあたってみたが、朝霧が関わっていたと思しき店はなかった。

――もしや看板を出してない店なのだろうか。公にはしていない、秘密の店……

弥助は溜息をつき、眉根を寄せるのだった。

卯月《うづき》になり、いっそう暖かく爽やかな季節になってきたが、お純は気が重かった。逃げた男がなかなか見つからず、焦《じ》れてきたのだ。そのような日々でも、お夏の具合が少しずつよくなっているのは救いだった。

このところお夏は食べられるようになってきたので、お純は一段と張り切って料理に精を出した。

今日も四つ半（午前十一時頃）に店を開けると、お客が絶えず訪れ、八つ（午後二時頃）を過ぎてようやく落ち着いた。お純が一息ついてお茶を飲んでいると、戸ががらがらと開く音がした。お純は姉さん被りに襷がけに前掛けの姿で、板場を出ていった。

「あら、豆吉姐《まめきちねえ》さん、いらっしゃいませ」

「お久しぶり。お腹空いちゃった。美味しいもの食べさせて」

薄化粧で、藍《あい》色の地味な着物を纏っていても、充分に美しい。お純より二つ年上の、永代寺門前町の芸者の豆吉は、艶やかに微笑んだ。

お純は豆吉を座敷に上げ、料理を運んだ。今日の品書きは、蚕豆《そらまめ》ご飯、野蒜《のびる》と若布《わかめ》の味噌汁、鰺《あじ》の黒胡麻焼き、タラの芽の醬油漬けだ。鰺の黒胡麻焼きは、こうして作る。三枚におろした鯵に、塩と醬油と味醂を揉み込み、黒胡麻と饂飩粉を混ぜたものを塗《まぶ》して、油を少々多めにして焼けばできあがりだ。

それを味わい、豆吉は顔をほころばせた。

「やだ、さくさくして、美味しいわあ」

つられてお純も笑みを浮かべる。豆吉は、お純が門前町の米問屋で賄《まかな》いをしていた頃からの知り合いだ。その気風《きっぷ》のよい仇っぽさに、お純は惹《ひ》かれていた。

豆吉を眺めながら、お純はふと思いついた。売れっ妓芸者の豆吉ならば、料理屋のことも詳しくて、甲斐丹料理を出す店を知っているのではないかと。

「あの、姐さんは、伊瀬半という仕出し屋さんをご存じですか」

「ああ、知ってるわよ。お座敷で、あそこから仕出しを取るお客様もいらっしゃるから」

「そうなのですね。では甲斐丹料理をご存じですか」

「甲斐丹料理？　初めて聞くわね。どのようなものかしら」

豆吉は首を傾げた。

「甲斐丹飯、甲斐丹和え、甲斐丹膾などがありまして……」

お純の熱心な説明に、豆吉は耳を傾ける。甲斐丹、甲斐丹、と連呼するお純を眺めながら、豆吉は思い当たったように、くすりと笑った。

「もしや、カピタン飯、カピタン和えのことではないの？」

　お純は目を丸くした。

「え、カピタン飯、カピタン和えという料理があるんですか」

「お純ちゃんの説明を聞いていて、思い当たったの。ちょっと変わった味の、鯛茶漬けならぬ、鯛ご飯味噌汁がけみたいなものよね」

「そうなのですか……。カピタンってどういう意味なのでしょう」

「長崎の阿蘭陀《オランダ》商館の館長さんのことよ」

　お純は言葉を失ってしまう。陸奥国で生まれ育ったお純は、カピタンのことを知らなかったのだ。おそらくは、仕出し屋の佐平も知らず、甲斐丹と聞き間違えていたと思われた。甲斐丹料理などというものは、端からなかったようだ。

　ちなみに、カピタン料理については、享和《きょうわ》から文政《ぶんせい》にかけて刊行された『素人《しろうと》包丁《ぼうちょう》』に明記されている。

　豆吉はカピタンについて、お純に話した。今年は四年に一度のカピタン江戸参府の年で、如月の上旬頃に江戸に来ていたという。

「江戸では監視の目が厳しいと言っているけれど、役人たちに金を握らせて、カピタンご一行は適当に遊んでいるわよ。私もお座敷に呼ばれることがあるもの」

「その人たちはまだ江戸にいるのですか」

「いるわよ。帰るのは今月の半ば頃みたい。日本橋の阿蘭陀宿、長崎屋《ながさきや》に泊まっているわ」

お純は察した。

——もしや、朝霧さんが如月の半ばに外出して訪れていたのは、その阿蘭陀宿ではなかったのかしら。そこでカピタン料理を食べて、味の虜《とりこ》になったのでは。

料理の謎が解け、カピタンに繫がっていたと分かり、どうりで異国の香りがしたはずだと、お純は納得した。


弥助が帰ってくると、お純は早速、豆吉から教えてもらったことについて話した。弥助もカピタンが江戸に来ていることには気づいていなかったようで、額を手で打った。

「なるほど、阿蘭陀宿か。……もしや朝霧は、そこへ呼ばれて行っていたのかもしれねえな」

「すると、逃げたお客は、そこの使用人とも考えられるわよね。阿蘭陀宿の番頭だったのではないかしら」

　二人は目と目を見交わす。弥助は唸った。

「朝霧の部屋から逃げた男が落としていった菓子。あれに入っていた油っては、南蛮《なんばん》渡来のものだったんじゃねえかな。あの菓子は、長崎屋独自のものなのかもしれねえ」

「長崎屋さんって、お菓子屋さんもしているの？」

「いや菓子屋ではなくて、確か、薬種問屋《やくしゅどいや》を兼ねているんじゃねえかな」

　長崎屋の本業は薬種問屋で、カピタンたちが江戸を訪れる際には阿蘭陀宿として泊めている。

　お純は目を見開き、手を打った。

「あのお菓子に似せたものを作って食べてみたのよ。そして思ったの。ハト麦や車前草が入ったこのお菓子は、朝霧さんにとって薬でもあったのかな、って。きっと、お前さんの言うとおり、薬種問屋でもある長崎屋さんが高値で、密かに売っているんだわ。どうりで探しても、見つからなかったはずよ」

　弥助は顔を顰めて、顎をさすった。

「なるほど。朝霧みてえな美に執着する女たちを、大袈裟《おおげさ》な謳《うた》い文句で釣って、買わせているのかもしれねえな」

「あのお菓子に入っていた油って、香りから何かの木の実の油なのではないかって思うの。南蛮の木の実で、肌や髪に効き目があるものなのよ、きっと」

「確かに南蛮のものってのは、効き目が強そうだよな」

お純は身を乗り出して、弥助に迫った。

「カピタンと、阿蘭陀宿のことを詳しく探ってみて」

「うむ。任せておけ」

どんと胸を叩く弥助を、お純は頼もしげに見つめた。


次の日、弥助は誠一郎と新七の三人で日本橋は本石町《ほんごくちょう》にある長崎屋を覗きにいった。長崎屋は江戸幕府御用達《ごようたし》の薬種問屋であり、幕府から唐人参座《とうにんじんざ》に指定されている。カピタン一行が江戸参府をする時は阿蘭陀宿として使われていた。

立派な構えの長崎屋の周りには、カピタンや阿蘭陀人を一目見たい野次馬たちが集まっていた。カピタン一行は、規定では総勢五十九人となっているが、様々な名目でそれ以上の人数になることが多く、今回もそのようであった。

阿蘭陀人はカピタンのほか、書記や医者が同行していた。日本人は、長崎奉行所の役人から任命される検使や、通詞《つうじ》、町使、書記、料理人、小使などが来ている。

弥助たちは少し離れた場所で張っていたが、焦れてきたので、誠一郎が長崎屋の中へ入っていった。カピタン一行が訪れている時は同心が警固をしているので、その交替を装って、何食わぬ顔で潜り込んだのだ。誠一郎はさりげなく大番頭を呼び出し、当たり障りのない話をしながら、確認した。

大番頭の駒三《こまぞう》は、年齢、外見ともに、お夏が証言していた男とほぼ一致していた。似面絵と見比べてみても、同一の者と思われた。

誠一郎はすぐに戻ってきて、そのことを弥助たちに伝えた。中にもう一度入って、例の菓子について訊ねてみたかったが、やめておくことにした。長崎屋は幕府の息がかかっているところなので、ここは慎重に、もう少し証を固めてから踏み込もうということになった。

朝霧の死と阿蘭陀宿には何か関わりがあると摑んだ弥助たちは、そこに絞って探り始めた。

お純が店を仕舞った後で、誠一郎が訪れた。お夏を見舞った後で、誠一郎は、弥助や新七とともに事件の話をした。お純は三人に軍鶏《しやも》鍋と酒を出して、ねぎらった。

濃い目に作った割り下に大蒜《にんにく》を入れて、軍鶏の肉と臓ノ腑、ささがきにした牛蒡、薄く切った葱を加えて煮込んだ鍋に、弥助たちは舌鼓《したつづみ》を打った。

やがてお純も交え、四人で事件について語り合った。誠一郎は奉行所の考えを、皆に伝えた。

「おそらく朝霧は極秘で阿蘭陀宿へ呼ばれ、カピタン一行や役人たちの相手をしたのだろう。そしてその時、彼らの弱みを何か摑んだのではないか。それを材料に脅かそうとしていて、逆に殺められてしまったのではなかろうか」

お純たちは真剣な面持ちで、誠一郎の話に耳を傾けた。

「彼らの弱みとは、やはり……抜け荷だと考えられる。実際に悪事に加担しているのは、おそらくは数人だろう。阿蘭陀宿の大番頭のほか、長崎にいる商人、長崎と江戸を行き来している者、江戸にいる役人、併せて四、五人といったところではないか」

弥助が訊ねた。

「長崎と江戸を行き来しているってのは、どのような者たちで？」

「通詞が怪しい。カピタンの江戸参府は寛政《かんせい》の初めから四年に一度になったが、奴らは毎年来ているからな」

「江戸にいる役人で怪しいのは、どのような者たちなんでしょう」

「阿蘭陀宿を見張っているのは、同心のほかは普請役《ふしん》だ。その普請役を支配しているのは勘定《かんじょう》奉行ゆえ、そのあたりの者が怪しいかもしれぬ。勘定所は、検使の指示もしているからな」

話の途中で、お純があっと声を上げた。皆の目がお純に集まり、弥助が訊ねた。

「どうした。何か気づいたのか」

お純はおずおずと答えた。

「抜け荷と聞いて思い当たったんです。……お夏ちゃんが襲われた時に聞いた、オウムという語。それは、抜け荷に関する隠語だったのではないでしょうか」

「オウム……オウムか」

誠一郎は小声で繰り返しながら、目を見開いた。

「もしや男たちは、オピウムの隠語としてオウムと言っていたのかもしれない」

「オピウムって、何のことですかい？」

「阿片《あへん》だ。南蛮ではそう呼ぶ」

一同の顔が強張った。阿蘭陀宿の長崎屋の本業が薬種問屋であるならば、南蛮渡来の阿片を隠し持っていることもあり得る。

誠一郎は腕を組んだ。

「もしかしたら、宴と称して、阿片を使った乱痴気騒ぎでもしていたのかもしれないな」

「それに巻き込まれて、朝霧も阿片を喫《きっ》させられ、カピタン一行に何か酷いことをされたのではねえでしょうか」

「そのことも脅しの材料の一つになっていたのでは」

弥助と新七も頭を働かせる。お純は、三人に出した軍鶏鍋の残り汁を眺めつつ、またも思い当たった。

「数月前から起きていた、時折響く大きな音と、生き物の骸《むくろ》。あれはもしや、南蛮の銃の試し撃ちだったのではないでしょうか。異国の銃はご禁制ですよね」

男たちは目を見開く。弥助は顎を撫でた。

「それもあり得るかもしれねえ」

誠一郎は喉を鳴らし、押し殺した声を出した。

「それが本当ならば大事《おおごと》だ。阿片だけでなく、銃の抜け荷もしていたとしたら」

「しかし、南蛮銃を何のために使おうっていうんでしょう。まさか狩りのためだけってことはねえですよね」

「江戸で騒ぎを起こそうとしているのか。……あるいは幕府の誰かを狙撃しようとしているのか」

「朝霧はそのような謀《はかりごと》まで知ってしまったから消されたのだと？」

「……まだ分からぬが、考えられなくもない」

四人は顔を見合わせた。なにやら寒気がして、お純は肩を竦める。誠一郎は姿勢を正した。

「花魁殺しの裏には、大きな秘密が隠されているかもしれぬな。我々の推測が当たっているとして、朝霧が抜け荷の秘密を知ってしまい、かつそれで強請《ゆす》ろうとでもしたならば、殺められても仕方がなかっただろう。とにかく証を摑んで、一刻も早く下手人をすべてあげてしまおう」

四人は力強く頷き合う。お純は最後に、気に懸かっていたことを訊ねてみた。

「〝月千〟という文字ですが、あの謎は解けたのでしょうか」

「いや、まだだ」

「月という字は、〝つき〟のほかにも読み方があるんですか」

「〝げつ〟もしくは〝がつ〟だな」

「教えてくださってありがとうございます。私も考えてみます」

お純は誠一郎に礼を述べ、口の中で、げつ、がつ、と繰り返した。


誠一郎と新七が帰った後で、お純は弥助に言った。

「カピタン料理を、甲斐丹料理と聞き違えていた件だけれど。あれは、佐平さんが聞き間違えていた訳ではなくて、紅花屋から注文する時、本当にそう頼んでいたのかもしれないわね。カピタンと気づかせないよう、わざと少し変えて。つまりは、こちらも隠語だったのでは」

「ああ、なるほどなあ。甲斐丹はカピタンの隠語だったと。それ、当たってるかもしれねえ」

弥助は、このようなことも口にした。

「紅花屋の者たちを一番初めに取り調べた時、若い衆の昇二だけは、逃げた男を商人風の貧相な男だと、ぽつりと言ったんだ。勘違いかもしれないと、言い直したがな。きっと昇二は、朝霧の死で心を酷く痛めていて、思わず真実が口から零れてしまったんだろうな」

「朝霧さんを殺した下手人を早く捕まえてほしいという思いを、抑えきれなかったのでしょう。早く、すべての真相が明らかになるといいわね」

お純は濃いお茶を啜った。


弥助は誠一郎に指示され、新七とともに、仮宅で営業しているほかの妓楼をあたった。カピタンたちの相手をするならば、花魁一人では無理だ。ほかにも呼ばれた者がいるはずだが、お夏の話などからも、紅花屋から赴いていたのは朝霧だけだったのは確かのようだ。一番手のお夏に異国人の相手をさせるのは忍びなく、かといって華がない者も送り込みたくなくて、主人たちは二番手の朝霧に白《しら》羽《は》の矢を立てたのだろう。

また、朝霧は野心に満ち溢れていた。主人はそこを突いて、異国人の相手をすればお前を一番手にしてやると、そそのかしたのではないか。それで朝霧は喜び勇んで阿蘭陀宿へと赴いたのだが、大きな落とし穴があったのだ。

弥助と新七は、ほかの妓楼からも阿蘭陀宿に遊女を送り込んでいたことを摑んだ。仮宅営業をしている十七軒から、どうやら看板の花魁が一人ずつ送られたようだった。

深川のほか浅草でも仮宅営業をしているので、弥助は浅草にまで足を延ばした。妓楼の主人たちに頭を下げ、派遣された花魁たちにも話を聞かせてもらった。ほとんどの花魁は宴の席で何があったかは語らなかったが、話してくれた者が一人いた。頬がふっくらとした、肌の美しい花魁だった。

「飲まされたお酒に、何かが混ぜられていたみたい。そうとは知らずに皆が飲んでしまって、狂ったようになったわ。まさに乱痴気騒ぎで、酷いことをさせられて……阿蘭陀宿に行ったことをどれほど悔やんだことか。お金はたんまりもらったけれど、お金で割り切れないことって、やっぱりあるのよね」

そして、その花魁は弱々しく笑った。

「喋ってしまったから、わちきもそのうち消されちゃうかもね。あの多額のお金は口止め料ってことだったのでしょうし」

「大丈夫だ。そんなことは決してさせねえ。下手人どもを引っ捕らえてやるぜ」

弥助は花魁に約束した。

このように証を固めた弥助は、誠一郎とともに紅花屋を訪れ、主人の権蔵に凄んだ。

「大方のことは分かっているから、朝霧を阿蘭陀宿に行かせた理由を、正直に話せ」

だが権蔵は怯むことなく、薄ら笑いで返した。

「なんのことでしょう。何度も申し上げましたが、朝霧は八幡様へお参りにいくといって、ここを出たのです。その後のことは私は聞いておりません」

権蔵は、のらりくらりと返してしまう。どうしても口を割らないので、誠一郎と弥助は焦れてきた。

番所に引っ張るだけの理由も見つからず、困ってしまう。弥助は言った。

「ところでよ、朧月がいなくなっちまったってのに、心配してねえようだな」

すると権蔵は鼻の横のイボのあたりを掻きながら、声を潜めた。

「朧月ですがね、朝霧殺しの疑いがかかって、川にでも飛び込んでしまったのではないかと思っているのです。まあ、あの子もいろいろありましたからねえ。世を儚《はかな》んで、もしや、と」

「で、お前さんはどう思ってるんだ。朝霧を殺ったのは、逃げた男か、それとも朧月か」

権蔵は目を泳がせ、洟を少し啜った。

「それは、思っていても、はっきり申し上げられませんよ。……まあ、考えてみましても、揚げ代を置いていったのですから、お客様は朝霧にうんざりしていて、ただ逃げるようにお帰りになっただけなのだろうと察しはつきますよね」

「そうか……。邪魔したな」

とぼける権蔵を、誠一郎と弥助はぎろりと睨み、紅花屋を後にした。

歩きながら、弥助は誠一郎に言った。

「あの主人も、臭いやすね。もしや端から、悪党どもとつるんでいたんじゃねぇでしょうか。殺しの後、阿蘭陀宿の大番頭を巧く逃がしてやったのかもしれやせん」

「大番頭は忍び足で階段を下りて、主人夫婦がいる内証へと行ったんだろう。そこに暫く隠れていて、妓楼の皆が起きる前に、素知らぬ顔で出ていったに違いない。だから地面に、飛び降りた跡がはっきり残っていなかったと。権蔵は、悪党どもから金をたんまり渡されて、力添えしたのだろう。あいつも捕まえてやらねばな」

「ってことは、悪党どもがお夏を殺そうとしていることも、権蔵は承知だったんでしょうか」

「そうだろうな。権蔵は、昔妓楼にいたお純がお前の女房になっていることを知って、内心、焦っただろう。お純とお夏は幼馴染だ。再会した時には蟠《わだかま》りがあったとしても、それが徐々に解けていって、また仲よくなったりすれば、お夏はいろいろなことをお純に喋ってしまうかもしれない。そうなると拙いと、危惧《きぐ》したのだろう。それゆえ、お夏を消すことに躊躇《ためら》いはなかったのでは」

「悪党どもがお夏を消そうとしたのは、よけいなことを話されては困るって理由だけでしょうか」

「うむ。もしほかに理由があるとしたら……あの大番頭が朝霧に何かを渡しているようなところを、お夏が見てしまった、とも考えられる」

夕日が落ちていく時分、二人は道端で立ち止まった。誠一郎は続けた。

「だが、お夏はきっと、それが何かは、はっきり分からなかったんだ。しかし、おそらくは、阿片のようなものだったのだろう。それゆえ疚《やま》しさから、大番頭は拙《まず》いところを見られたと、思い込んでしまったのではなかろうか」

「ならば奴らは、朝霧の次にはお夏も消してやろうと、前々から謀《はか》っていたってことですか」

「うむ。権蔵はなにやら、朝霧殺しの罪を、お夏になすりつけたいようでもあった。まあ、お夏に疑いがかかって、それを苦に自害してもらうというのが、悪党どもには一番都合がよいだろうからな」

誠一郎は溜息をついた。

「お夏や朝霧がいくら売れていたと言っても、その稼ぎ以上の金を積まれれば、あっさりと切り捨ててしまうという訳か。虚《むな》し過ぎるな」

「女を食い物にしやがって、まったく、腐った奴らだ」

弥助は吐き捨てるように言った。

二人は、闇が広がっていく空を見上げる。弥助は黒船橋のたもとまで、誠一郎を送っていった。ここから猪牙舟に乗り、八丁堀へと戻るのだ。

「旦那、お気をつけて」

猪牙舟がゆっくりと漕ぎ出される。弥助は誠一郎に向かって一礼し、家へと帰っていった。

弥助が戻ると、お純は夕餉を出し、二人で店の中で食べた。お夏はもう立ち上がれるようになっていたが、事件が無事に解決するまではここに留めておくよう、誠一郎にも言われている。

「こいつは雪花菜《きらず》飯か。旨そうじゃねえか」

弥助は唇を舐めて、箸を持つ。ご飯の上に、炒った雪花菜が、まさに雪が積もるようにかかっている。お純は微笑んだ。

「私の故郷では、よく食べるのよ。お夏ちゃんも好物だったのを思い出して、作ってみたの。とても喜んでくれたわ」

「そりゃよかった。あっしも早速」

一口食べて、弥助は目を見開いた。

「ほぐした鰆《さわら》も入ってるな。こりゃ旨え」

細かく刻んだ人参、椎茸、牛蒡のみならず、お純は鰆も混ぜ合わせていた。弥助も気に入ったようで、大盛りでお代わりした。

「ああ、食った、食った」

弥助は満足げにお腹をさすりながら、今日の探索の結果を報せた。

「じゃあ、ご主人とお内儀さんの疑いが濃厚なのね」

「うむ。そういやあの二人、初めは腰が低かったけれど、徐々に態度を変えていったからな。あの内儀なんて、お前と久しぶりに会ったってのに、ちゃんとした挨拶もしなかっただろ。あん時、あっし、実はかなり怒ってたんだぜ」

口を尖らせる弥助に、お純は微笑んだ。

「お内儀さんは昔から、ああいう人なのよ。ご主人の浮気癖で苦労したんだと思うわ。だから女の人のことを、根本的に嫌いなのかもしれない」

「朝霧にしてもはかの遊女にしても、金づるとしか思ってねえんだろうな。……だから花魁を消すのも厭《いと》わないんだろう。売れっ妓であっても、それ以上の金が手に入ることになるのだったら」

お純は首を竦めた。

「私が紅花屋にいた頃は、ご主人もお内儀も、そこまで酷い人たちではなかったのに。もしや、商いが上手くいっていないとか」

「火事で妓楼が燃えちまったってこともあるんだろうか。建て替えにかかる金って、吉原のほうからも、いくらかは出るんじゃねえのか」

「建て替えのお金ぐらいは困っていないと思うけれど。あ……まさか」

お純はゆっくりと目を瞬かせ、弥助を見つめた。

「火事を出したのも、ご主人とお内儀さんの仕業ということはないかしら」

「自ら火をつけたというのか」

「そう。悪党たちは前々から、仮宅で営んでいる妓楼から花魁を集めて、阿蘭陀宿で乱痴気騒ぎをすることを謀っていたのよ。で、妓楼を仮宅営業にするには、火事を起こすしかないじゃない。それで悪党たちはご主人夫婦にお金を積んで、頼んだのよ。それに加えて、妓楼を建て直す時には無料《ただ》でもっと豪華なものを造ってやる、などと約束したのかもしれない。それで……ということはないかしら」

弥助は顎をさすりながら、呻《うめ》くような声を出した。

「あり得るかもなあ。もしそれが本当ならば、あいつら、鬼じゃねえか。火事で死人が出たっていうのによ。金のためにってだけで、どうしてそんな酷いことができるんだ」

「そこが吉原の歪なところなのよ。ずっと身を置いていると、それが普通になってしまうの。妓楼の主人にとって、遊女はお金に換えられる〝物〟で、つまりすべてはお金なのよ」

弥助はお純を不意に抱き寄せた。

「そんな世界で、よく頑張ったな。とんでもねえ主人だが、あっしは一つだけ礼を言いたいぜ。お前を遊女にせずに、台所に回してくれたことだ。どんな人間でも、一生に一度は善いことをするんだな」

とは言いつつも、やはり内心は面白くないようで、弥助は思わず愚痴《ぐち》をこぼした。

「あの主人に口を割らすことができれば、阿蘭陀宿に踏み込める、あるいは大番頭を引っ張れるかもしれねえのによ。悪党の中には役人もいるだろうから、そいつに口止めされてるんだろうな。あの野郎、ふざけやがって」

荒れる弥助を眺めながら、お純は目を瞬かせた。

「ねえ、お前さん。私に考えがあるんだけれど。成功するか失敗するか分からないけれど、やってみる?」

弥助はきょとんとした顔で、お純を見つめる。お純が計画を話すと、弥助は瞠目した。

藤の花が見頃になってきた頃、妙な噂が流れ始めた。仮宅で殺された朝霧の幽霊が深川に現れる、と。

瓦版屋たちも騒ぎ始め、瓦版には『幽霊は花魁の姿で、口の周りを真っ赤に染めて彷徨《さまよ》っている』と真に迫って書かれた。

その噂は瞬く間に広がり、紅花屋の者たちの耳にも届いた。遊女たちの中には怖がる者もいたが、主人夫婦は笑い飛ばしていた。

「朝霧の幽霊がもし現れでもしたら、取っ捕まえて見世物小屋に売っちまおう」

「いい金になるね」

権蔵とお豊はそう嘯《うそぶ》いた。

妓楼の消灯は、八つ（午前二時頃）である。権蔵とお豊は、内証で隣り合って就寝する。急に気温が上がったせいか、なにやら寝苦しい夜だった。権蔵はしばしば寝返りを打ち、浅い眠りの中で、なにやら水が垂れるような音を聞いた。

ひた、ひた、ひた、ひた。

雨の音とは違う。何だろう。生暖かい風が肌に纏わりつくような心地がして、権蔵は薄らと目を開けた。

そして権蔵は、幽霊を見た。外廊下に面した障子戸に、朝霧花魁らしき影が映っていたのだ。

「ひっ、ひいっ」

権蔵が小さな悲鳴を上げると、お豊も目を覚ました。

「どうしたのよ」

お豊は寝惚《ねぼ》けながら、権蔵の眼差しの先を見やって、顔を強張らせた。

闇に笑い声が響いた。その声は確かに朝霧のものだった。権蔵とお豊は逃げたくても、二人とも金縛《かなしば》りに遭ったように躰が硬直して、動けない。震え上がる主人夫婦に、その声は告げた。

「あんたたち、しらばっくれやがって。恨んでやる。特に権蔵さん、あんた、わちきに手を出したくせに、見殺しにするってのかい。いいかい。本当のことを話さなければ、祟りが起きるよ」

幽霊は言い放つと、再び気味の悪い笑い声を立てた。いざ幽霊を見てしまうと、権蔵とお豊は歯の根が合わなくなるほどに怯えた。花魁姿の幽霊は、影絵のように動き、すっと姿を消した。

権蔵とお豊の額から、汗が噴き出した。権蔵はようやく声を上げた。

「おい、番頭！　竜太でもいい、来てくれ！」

隣の部屋で寝ていた若い衆の竜太が、駆けつける。

「どうしました」

「い、今、幽霊みたいのがそこを通り過ぎたんだ。ちょっと見てきてくれ」

権蔵は微かに震える指で、障子戸を差す。竜太は眉根を寄せた。

「幽霊ですか？」

「いいから、見てきてくれ」

「あ、はい」

竜太は部屋を横切り、障子戸を開けて、外廊下へと出ていく。権蔵とお豊は、青褪めた顔を見合わせた。

少しして、竜太は首を傾げながら戻ってきた。

「一周してみましたが、幽霊はまったく見当たりませんでした。もしや、ご夫婦で寝惚けていらっしゃったんじゃありませんか。同じような夢を見たとか」

権蔵とお豊は、またも顔を見合わせた。

「そう言われると、そのような感じがしてくるな」

「夢だったのかもしれないわね」

「お二人ともお疲れなのでしょう。とにかく怪しい者は見当たりませんので、ゆっくりお寝《やす》みになってください。もしまた何かありましたら、呼んでください」

竜太は丁寧に辞儀をして、戻っていった。夢だったのか現《うつつ》だったのか訝《いぶか》りつつも、権蔵とお豊はひとまず安堵《あんど》して、眠りについた。

だが、幽霊は二日後の夜にも現れた。丑三《うしみ》つ刻《どき》（午前二時〜二時半頃）に影絵のように障子戸に映り、けたたましく笑い、呪いの言葉を吐いた。権蔵とお豊は再び震え上がり、夢ではなかったと確信した。何が恐ろしいといって、影絵の姿形も、声も、朝霧そっくりなのだ。

幽霊はよほど主人夫婦に恨みがあるのか、しつこかった。夜だけでなく昼間にも、怪奇なことが起こり始めた。

まずは軒先に、血の滴る生肉が吊り下げられていた。それを目にした時は権蔵もお豊も腰を抜かしそうになったが、よく見ると、ももんじ屋で売っているような獣肉だった。

次に、お豊が内証を出たら油虫《ごきぶり》らしきものがうじゃうじゃと這《は》っていて、跨《また》いで逃げようとしたら、滑って転んで足腰を強打した。よく見たら作り物だったが、廊下に油が撒《ま》かれていたと分かり、いったい誰が撒いたのだと一悶着《ひともんちゃく》あった。その時、遣手の克江がぽつりと呟いたのだ。

「そういえば、化け猫って油が大好物で、よく油を舐めているんですよね」

それを聞いて、お豊は総毛立った。

権蔵が一番驚いたのは、内湯に入ろうとしたら、湯が血のように真っ赤に染まっていたことだ。さすがに叫び声を轟《とどろ》かせ、裸のまま廊下へ飛び出して大騒ぎとなった。

このようなことが続くと、夫婦揃ってさすがに食欲も失せ、ともに恰幅がよかった権蔵とお豊も次第にやつれてきた。

『本当のことを話さなければ祟りが起きる』という幽霊の言葉が耳から離れず、権蔵は次第に気鬱《きうつ》にもなってきた。

気分を変えようと権蔵が外に出ると、瓦版屋〈耕文堂〉の主人が台の上に立ち、唾を飛ばして売り捌《さば》いている。

「女の恨みは古《いにしえ》より、げに恐ろしきものなりて。我が国最古の長物語、源氏のそれにも書いてある。六条御息所《ろくじょうのみやすどころ》に恨まれた葵《あおい》の上、御息所の霊に取り憑《つ》かれ、命を落としてしまうなり。平安の世から今に至るまで、嗚呼《ああ》、恐ろしきは女の恨み、憎しみか。ここはひとつ我々も、朝霧花魁の死を悼《いた》み、冥福を祈るべきではあるまいか。さすれば霊も深川を、彷徨わずに済むものよ。さあ、買った、買った！」

その瓦版には、『朝霧花魁の祟りか』という見出しで、近頃起きる犬や猫の変死についても書き立てられていた。

権蔵は次第に目が虚ろになってきて、お豊は腰の痛みがなかなか引かず、動けなくなってきた。

小雨が降る夜、権蔵は就寝前に、いつものように厠へと行った。消灯前だが、八つ（午前二時頃）近くなので、廊下はほとんど薄暗い。用を足して内証へ戻る時、八尺（およそ二メートル四十センチ）ほどの前方で、何かがぼんやりと揺れ動くのを感じた。蠟燭《ろうそく》の微かな灯りの中、権蔵は目を凝らして見た。

暗い廊下に浮かび上がったその姿は、肌が蠟のように真っ白で、目と口の周りを真っ赤に染めた、朝霧花魁だった。殺された時と同じく、艶やかな濃紅色の仕掛けを羽織り、天鵞絨《びろうど》色の緞子《どんす》の帯を前で結んだ朝霧は、権蔵を見つめて、薄らと笑った。

権蔵は仮宅中に響き渡るような悲鳴を上げて、卒倒した。


ついに権蔵とお豊は居た堪れなくなり、仮宅を訪れた誠一郎と弥助に、白状してしまった。

「……勘定所の組頭の方に、厳しく口止めされていたのです。阿蘭陀宿に花魁を遣わせたなど、よけいなことは決して言うな。妓楼の者たちにもよけいなことを喋らせるな。その代わりに、焼失した妓楼はただで、そればかりかもっと豪華なものに建て直してやる、と。その方は脅かしてもきました。もし喋ったら、二度と吉原で営業できなくさせてやる、と。そこまで言われましたら、従うしかありませんでしょう。……黙っていて、申し訳ございませんでした」

項垂れる権蔵を、誠一郎たちは睨んだ。

「阿蘭陀宿では、いったい何があったんだ。阿片を乱用して、乱痴気騒ぎでもしたんだろう」

「……そのようです。異国人たちに好き勝手なことをされて、朝霧も傷ついたと思います」

「朝霧を殺したのは、阿蘭陀宿の大番頭の駒三だな」

権蔵はいっそう項垂れながらも、はっきりと答えた。

「はい。さようでございます」

「殺した後、駒三を暫く匿《かくま》い、逃がしてやったのか」

「はい」

「駒三が噛んでいるであろう抜け荷に、お前も加担していたのか」

権蔵は額に玉の汗を浮かべ、黙り込んでしまった。お豊も腰を丸め、顔を真っ青にしている。誠一郎は二人を交互に睨めながら、押し殺した声を出した。

「お前たちのその面持ちが、答えだな。よし、詳しく番所で聞かせてもらおう」

「さあ、立ちな」

弥助と新七で二人を立ち上がらせ、手に縄をかけた。権蔵とお豊を引っ張って仮宅を出る時、弥助と若い衆の竜太の目が合った。弥助が微笑むと、竜太も笑みを浮かべて会釈をした。

弥助たちは、権蔵とお豊を追い込むために罠を仕掛けた訳だが、それに竜太も手伝ってくれたのだ。生肉をぶら下げたり、玩具の油虫を這わせたり、油を撒いたり、魚の血を湯に溶かすなどの細工をしたのは、竜太だった。

朝霧花魁の幽霊に化けていたのは、なんとお純だったのだが、竜太の力添えで衣裳を揃え、夜更けの仮宅に出入りすることもできた。

弥助は、竜太がお夏に好意を持っているであろうことを見抜いていた。そこで竜太なら、お夏を助けるために力を貸してくれるのではないかと、考えたのだ。

弥助は、仮宅の前で呼び込みをしていた竜太に近づき、お純が立てた計画を手伝ってくれないか頼んでみた。すると竜太は、俺でよければと、二つ返事で引き受けてくれたのだった。

大いに手助けしてくれた竜太に、弥助はさりげなく一礼する。弥助は、克江にも目配せした。克江は微かな笑みを浮かべて、会釈をする。弥助は克江には直接頼まなかったが、それとなく手を貸してくれていたことには気づいていた。

――殺伐《さつばつ》としたところにも、味方になってくれる人がいるってのは、ありがてぇことだぜ。やっぱり、人っていいもんだな。

そのような思いを嚙み締めながら、弥助は主人夫婦を引っ張っていった。


権蔵とお豊を番所へ連れていくと、弥助は次に阿蘭陀宿へ向かおうとした。すると、お純が泣きべそを搔きながら駆けてくる姿が目に入った。お純は息を切らしつつ、弥助にしがみついた。

「お夏ちゃんが……引っ張られていったの。お前さんが留守の隙《すき》に、銀次たちが乗り込んできて。止める間もなかったわ」

弥助たちは顔を見合わせる。弥助は、啜り泣くお純の肩を摑んだ。

「あいつら、勝手に引っ張っていきやがったのか」

「仮宅のお夏ちゃんの部屋から血の付いた短刀が見つかった、って。私も見せられたわ」

弥助は顔を顰めた。

「そんなの、でっちあげの偽物に決まってるじゃねえか。あっしがお夏の部屋を隈《くま》なく探った時は、そんなものどこにもなかったぜ。畳の裏まで見たのによ」

苦々しい面持ちで、誠一郎が口を挟んだ。

「たぶん、悪党どもが、自分たちまで捕まるのを恐れて、妓楼の誰かを巧く言い包《くる》めて、細工させたんだろう。使われたのは……昇二ではないかな」

「この期に及んで、昇二の野郎、何をやっているんでしょう」

新七は、忌々しそうに舌打ちをする。

「朝霧は殺されたのに、このままだとお夏は助かっちまいそうだから、悔しかったんじゃねえかな。逆恨《さかうら》みってヤツだ」

「おそらく昇二は、幽霊騒ぎは竜太とお前らが起こしていると、薄々察していたのだろう。そのことを、探りを入れてきた銀次に話したのかもしれない。それで銀次は、お夏は川野に匿われているのではないかと、勘づいたんだろうな」

誠一郎の推測に、皆、項垂れる。お純は弥助を真っすぐに見た。

「ねえ、お前さん。お夏ちゃんはどうなるの？　ご主人とお内儀さんが捕まったんだから、あの二人が真実を話せば、お夏ちゃんは助かるわよね」

　弥助たちは顔を見合わせる。誠一郎は溜息をついた。

「もし、本格的な取り調べの際に、主人たちがお夏も仲間に加わっていたなどと嘘をついたら、お夏も罪を被ることになってしまうかもしれぬ。部屋から凶器らしき刃物が見つかったということを証に」

　お純は目を見開き、唇を震わせた。

「そんなの嫌です！　早く、阿蘭陀宿の大番頭を捕まえてください。そしてすべてを自白させてください」

「うむ。一刻も早くそうしたいのだが、阿蘭陀宿は御上の手がかかっているので、そう易々とは踏み込めんのだ。妓楼の主人と内儀の証言だけでは、難しい」

「あの菓子だけじゃ、証にはならねえみてえだ。朝霧が、もっとほかに遺しておいてくれればよかったんだが」

　誠一郎も弥助も、眉根を寄せている。新七が呟いた。

「月千、って血文字だけでしたもんね。朝霧が、ほかに遺したものは」

　項垂れてしまったお純の肩を、弥助は抱いた。

「銀次が連れていったのなら、あいつの縄張りにある番所だろう。今から行って覗いてくるから、お前は先に帰っていろ」

「私も連れていって」

「いや、お前が一緒に行っても、混乱するだけだ。あっしたちが話をつけてくる。大丈夫だ、お夏をすぐさま奉行所へ送るようなことはしねえだろう。番所から大番屋へ移されることはあるかもしれねえが、罪がはっきりするまでは、暫くは留め置きだ」

弥助に言い聞かされるように告げられ、お純は涙を浮かべながらも頷く。

本所の番所へと向かう弥助たちの後ろ姿を、お純は祈るような思いで見送った。


それから一人で川野に戻り、お純は板場で深い溜息をついた。銀次たちはいきなり店に乗り込んできて、寝ていたお夏を引っ張っていったのだ。お純は銀次に立ち向かいたかったが、凄い剣幕で怒鳴られ、やはり怖気《おじけ》づいてしまった。

——お夏ちゃんを守れなかった。

悔いが込み上げてきて、お純の心は痛む。薄暗い板場で、床几に腰を下ろして頭を抱え込んでいると、ふと甘く優しい香りを感じた。

その香りを発しているのは、お夏に食べさせようと思っていた、作りかけの薔薇の餡だった。

――これを作っている時に、あいつらが乗り込んできたのよね。

お純はよろめきながら立ち上がり、鍋の中を見た。薔薇の花びらを、少しの砂糖と蜂蜜《はちみつ》とお湯で、煮詰めたものだ。とろりと蕩《とろ》ける、艶やかな紅色の薔薇の餡。それを白玉団子に絡めたものを、お夏はすっかり気に入ってしまっていた。

うっとりとした面持ちで味わうお夏を思い出しながら、お純は火を熾《おこ》し、鍋を再びゆっくりと搔き混ぜ始めた。

――お夏ちゃんは白い薔薇、朝霧さんは紅い薔薇、と言われていたんだっけ。ならばこの薔薇の餡、朝霧さんにも気に入ってもらえたかしら。

みずみずしく優しい香りが、疲弊した心を癒してくれる。お純は心を落ち着かせたくて、再び薔薇の餡作りに取りかかったのかもしれない。

――朝霧さんは、薔薇の柄が好きで、自分で衣裳に刺繡をしていたのよね。半衿などにも。幽霊に化ける時に私が貸してもらった衣裳は違ったけれど、朝霧さんの部屋を調べた時に見たものには、確かに薔薇の柄が多かったわ。

菜箸の先についた紅色の餡をそっと舐めて、お純は目を細める。

——故郷にも薔薇は咲いていたっけ。お夏ちゃんとも摘みにいったことがあるわ。薔薇にはいろいろな種類があるのよね。

その時、お純の動きが止まった。あることに思い当たったのだ。

——もしや、朝霧さんは。……朝霧さんが血文字で書こうとしていたことは。

ようやく気づき、居ても立ってもいられない思いで、確かめに走りたくなる。でも、弥助が帰ってくるまで我慢しようと、お純は気持ちを抑えた。

——少し落ち着こう。

お純は薔薇の餡を皿によそい、匙で掬って味わった。甘く香り立つそれは、お純の心に沁み入るようだ。お純は紅い餡を菜箸につけ、〝月〟という字を、白い皿に書いてみた。

少しして弥助が戻ってくると、お純は真っ先にお夏の安否を訊ねた。紅花屋の主人たちの取り調べが終わるまで、お夏はやはり暫くは番所預かりになるという。お純はひとまず安堵しつつ、料理をしながら思いついたことを話した。弥助は黙って耳を傾け、大きく息をついた。お純は弥助に頼んだ。

「だからもう一度、仮宅に連れていって」

「なるほどな。……お前の言ってることがもし当たっているとしたら、動かぬ証になるだろう。よし、明日の朝一番で、紅花屋に行こう」

二人は頷き合った。


翌朝、お純は弥助や誠一郎、新七とともに紅花屋へ行き、朝霧の部屋を見せてもらった。主人夫婦が捕まり、紅花屋は番頭が仕切っているものの、纏まりが悪くなっているようだ。お純は竜太に訊ねた。

「朝霧さんの衣裳は、まだそのままにしてあるわよね」

「はい。ほかの遊女たちが着てよいことになってはいるのですが、やはり殺された者の遺品なので気味が悪いのか、誰も着ようとしないんですよ。いずれも高価なものなのに」

「では見せてもらえないかしら」

「いいですよ。箪笥と行李の中にありますので、ご自由にご覧ください」

お純は早速、それらを開けて、朝霧が着ていた衣裳を取り出した。その中から薔薇の柄があるものを選ぶと、懐から鋏を取り出して、衣裳の袖や衿をざくざくと切っていった。

「あ、ちょっと……切ってしまうんですか」

目を丸くする竜太の肩に、誠一郎が手を置く。お純は一心に、薔薇の柄を断ち切った。

「ああ、これも違う」

刻一刻と経ち、なかなか見つからず、焦れてくる。溜息をつくお純に、部屋を覗いていた遣手の克江が声をかけた。

「薔薇柄の着物を調べているんですか」

「ええ。朝霧さんは薔薇が好きだったというから、そこに何か秘密を隠していたのではないかと思って」

するとと克江は部屋に入ってきて、箪笥の引き出しを開けて、無地の仕掛けを取り出した。そしてその袖をお純に見せた。

「この袖、表が紅色で、裏が紫色になっておりますでしょう。この重色目の名は、薔薇、というんですよ」

克江が渡すと、お純は急いで、その袖を切り裂いた。するとその中から、小さな包みがいくつかと、結び文が現れた。

弥助たちも一斉に覗き込む。お純は息を呑み、震える手で、包みを摑んだ。小さく折り畳んだ白い包みには、月季花、と書かれてあった。誠一郎が声を上げた。

「そうか、朝霧は死ぬ間際に、月季花《げっきか》と書こうとしていたんだ。季の文字を途中まで書くと、千になる」

「なるほど、最後まで書ききれずに息絶えちまったんですね」

お純が声を上擦《うわず》らせた。

「この文字は、げっきか、と読むんですね。やっぱり。薔薇のまたの名ですよね。私の故郷では、薔薇のことを、そう呼ぶ人がいましたから。……この前、林田様に、月は〝げつ〟とも読むと教えていただいたから、はたと思い当たったんです」

ほかの者たちは月季花のことが薔薇とは知らなかったようで、目を瞬かせる。お純は続けた。

「朝霧さんは薔薇をたいへん好まれたといいます。薔薇の重色目の袖の中に、薔薇の異名の証を忍ばせておいたのでしょう」

誠一郎は身を屈め、月季花と書かれた包みを開いた。すると、薬らしき白い粉が現れた。それを小指で掬って微量を舐め、誠一郎は呟いた。

「阿片ではないが、それに近いものだろう。……月季花と書かれていない包みもあるな。ではこちらは阿片かもしれぬ。調べてみよう」

「これは重要な証になりますね」

新七が昂る。薬を包んでいた紙をよく見ると、透明な刻印が押されている。これで、この薬を扱っている店が特定できるだろう。

弥助は結び文を開き、誠一郎に見せた。それには、こう書かれてあった。

《あやしいこれらの薬、長崎屋の大番頭、駒三からもらう。駒三は悪い男。罪多い。ほかにも悪い者たちがいる。勘定所の組頭、通詞、権蔵など。阿片、異国の銃の抜け荷。捕まえて》

朝霧が遺した言伝を、誠一郎が読み上げると、一同、息を吞んだ。

何かの秘密を隠すならば、花魁なら衣裳の中が最も都合がよかったのだろう。肌身離さず着けていられるし、万が一の時には、ほかの遊女たちの手に渡る。すると袖を通した時に、中に何か忍んでいるような異変を感じて、鋏で一度裁《た》ってみるに違いない。そして、危険な薬と文《ふみ》、つまりは動かぬ証が現れるという訳だ。

朝霧はきっと、駒三を強請《ゆす》りながらも、自分の命の危うさを感じていたに違いない。武家の生まれで字が書けた朝霧は、愛する薔薇の重色目の袖に、命を懸けた証を遺したのだった。

　重大な証を摑み、お純は気が抜けたように屈み込んだ。弥助はその頭を、優しく撫でた。


　お純を家まで送ると、弥助たちは阿蘭陀宿へと赴いた。カピタン一行はまだ留まっており、野次馬たちも相変わらず集まっている。

　誠一郎と弥助と新七は野次馬たちを押しのけ、長崎屋の中へと入り、調べたことを話した。紅花屋の主人と内儀が自白したこともだ。

「お前さんたちがしたことは明らかに御上に背いているので、大番頭に話を聞かせてもらおう」

　長崎屋の主人は狼狽《うろた》えた。

「でも、証がございませんよね。話だけならば、どうとでも言えるのでは」

　すると弥助が、懐から、朝霧の部屋に遺されていた菓子を取り出した。

「これと同じものを、扱ってねえか？」

「あ……いえ」

歯切れの悪い主人に、弥助は凄んだ。

「答えにくいようなら、ここに置いてある品をすべて調べさせてもらうぜ」

「……お待ちください」

主人は溜息をつくと、奥へと入り、同じ菓子が入った袋を持ってきた。弥助は中身を確かめた。

「これは、お前さんたちが独自に、いろいろな食材を混ぜて作っているのかい」

「さようでございます」

「饂飩粉や雪花菜、胡麻やハト麦なんかが入っているよな。そのほか、何か油を混ぜているんじゃねえか。それも南蛮のものかい」

「はい。扁桃《アーモンド》の油です」

「扁桃？　それは木の実のようなものかい」

「さようでございます。扁桃の油には、肌や髪に潤いを与えたり、老化を防いだり、腸の働きをよくする効き目がございますので」

「なるほど。お前さんたちが独自に作っているものならば、希少だよな。この店にしかない、珍しいもんだ。ほかでは売っていないだろう」

「ええ……まあ、はい」

主人の額に薄らと汗が滲み始める。弥助は睨《ね》めた。

「この菓子は、花魁が殺された部屋に転がっていたんだ。花魁は、薬にもなるこの高価な菓子を、駒三にねだっていたんだろう。駒三が落としていったに違《ちげ》えねえ」

「しかしですね。うちの番頭がこの菓子を落としていったからといって、別に毒ではございません。この中に毒が入っていてそれでその花魁が亡くなったというならば話は分かりますが、単なる食べ物ではありませんか」

するとと弥助はにやりと笑って、先ほど、朝霧の衣裳の袖から現れた、薬の包みと遺書の如き文を掲げた。誠一郎が文を読み上げると、主人の顔は強張り、蒼白になった。

「この得体の知れねえ薬の包みには、この店の刻印が押してあるよな。これでもまだ白《しら》を切るっていうのか！」

弥助が一喝すると、主人は震え上がった。

「わ、私は寝耳に水でございます。う、うちの大番頭が勝手にうちの包みを使って、薬を包んだに違いありません」

「お前さんの言い分は分かった。これから駒三にしっかりと聞いてやるから、安心しな。さあ、駒三を引き渡してもらおうか」

弥助が凄むと、主人は観念したように項垂れ、駒三を差し出した。駒三の手をよく見ると、お夏が激しく嚙んだと思われる傷が、まだ残っていた。

誠一郎たちは駒三も番所へと引っ張り、詰問の挙句、白状させた。


朝霧花魁殺害事件の顚末《てんまつ》とは、おおよそ、弥助やお純たちが察したことで合っていた。

阿蘭陀宿での花魁遊びを実現させるため、長崎奉行から任命される検使や勘定組頭が謀り、紅花屋の主人夫婦に頼んで、吉原で火事を起こして仮宅営業にしてしまった。

カピタン一行は正月に長崎を発《た》ち、如月の上旬に江戸に到着した。そして一息ついた如月の半ばに、早速、阿蘭陀宿に花魁を呼んで、宴を開くことにしたのだ。

その華やかな宴に遣わされた遊女の一人が、殺された朝霧だった。阿蘭陀宿での宴会は、初めは和やかに催されていたが、男たちは次第に悪乗りをし始め、花魁たちへの酒に阿片を混ぜるなどした。男たちも阿片を喫《きっ》し、それにより乱痴気騒ぎとなった。

阿片のほかにも、用いられた媚薬《びやく》があった。その媚薬に、後に〝月季花〟と隠語のような名をつけたのは、朝霧だったという。この媚薬は、マンドレイクという異国の草花を主として処方する。マンドレイクは薬草としても用いられるが、幻覚や幻聴を伴うことでも知られている。これにヒヨスや朝鮮朝顔などを組み合わせると、麻酔薬の如き効果が現れる。媚薬には、それに加えて、乾燥させた薔薇の花びらを粉にしたものも調合されていた。

なんとも妖《あや》しい媚薬は、得も言われぬ心地よさで、朝霧は夢中になり、その後も駒三にねだり続けたそうだ。そして〝月季花〟と名づけ、隠語で呼ぶようになった。朝霧が仮宅に移ってから、突然けたたましく笑い出したり、奇声を上げることがあったというのは、おそらくはこの媚薬のためと思われた。

「本当かどうかは分かりませんが」

取り調べの際、前置きして、駒三は語った。

阿片や媚薬で気分が高揚した朝霧は、宴で、このようなことを大きな声で喋っていたという。

――わちきは長崎奉行配下の与力の娘だったの。父上は悪い人ではなかったのに、お金の使い込みをしたって理由で、お家を取り潰されちゃった。それでわちきは、いつのまにやら花魁に。でも……長崎に関わる人たちって、陰でこんなに悪いことをしているなら、父上も、本当は陥れられたのかもしれないわねえ。

そして朝霧は、自棄《やけ》になったかのように、甲高い声で笑ったそうだ。

宴の間、朝霧は何度も厠に立った。薬の影響で気分が悪くなったのかとも思われたが、実はこっそり何かを探っていたのかもしれない。その際に、勘定組頭と大番頭の駒三が、奥の部屋で密かに話しているところに通りかかり、聞いてしまったのだ。

二人が話していたのは……南蛮銃の抜け荷に関することだった。

阿片や媚薬の乱用に加えて、ご禁制の南蛮銃。弱みを握ったと思った朝霧は、宴会の後の床入りの時に、相手の通詞を酔わせ、花魁の手練手管《てれんてくだ》を駆使して、寝物語で抜け荷についてできる限り聞き出した。

毎年江戸を訪れている通詞も抜け荷に加担しており、酒に加えて躰に残っていた阿片と媚薬の勢いで、うっかり話してしまったのだ。

翌朝、帰る間際、朝霧は駒三に色目を遣い、このようなことを囁いた。

——今度は一人で遊びにいらして。ご禁制の、秘密のお話をしましょう。

もしや気づかれたかと思った駒三は、こっそりと、仮宅へ朝霧に会いにいった。

朝霧は駒三に、こう告げた。

——あなたたちの悪事は黙っていてあげるから、これからわちきの上客になって、どんどん貢《みつ》いでほしい。あるいは大金を払って、身請けしてほしい。私、吉原のすべての花魁に羨まれるような、盛大な花魁道中や、引退の宴をしたくて堪らないのよ。ね、お願い。阿片のみならず、異国の銃のおかげで、お金はたんまり入ってくるのでしょう。

つまりは強請り始めたのだ。朝霧は厚かましくも、美に効き目のある南蛮渡来の扁桃が入った菓子までねだった。

——私に会いにくる時は、あの菓子の袋を、少なくとも五つは持ってきて。

長崎屋で密かに売られていたあの菓子は、一袋で一分（およそ一万五千円）はするものだった。

朝霧は阿片や媚薬をねだるようにもなった。ある日の後朝《きぬぎぬ》の別れの際、駒三が朝霧に阿片の包みを渡しているところを、ちょうど隣の部屋から出てきたお夏に見られてしまったという。お夏は阿片などと気づかず、何を渡したかなどまったく気にも留めなかったようだが、駒三は拙いところを見られたと思い、それ以来お夏に注意していたらしい。

駒三は仲間たちに相談し、朝霧を消すことにした。紅花屋の主人と内儀も、朝霧を殺めることにまったく反対しなかった。それどころか力添えしてくれることになった。

朝霧を阿蘭陀宿に呼び出さず、仮宅で殺したのは、お夏を下手人に仕立て上げるためだった。客が揚げ代を置いていったので、逃げたのではなくただ帰っただけと思わせるのも、その細工の一つだった。男の人相について嘘の証言をして、探索を攪乱《かくらん》させ、下手人がなかなか見つからない間に、徐々にお夏に疑いがかかるように仕向けていった。瓦版屋の耳に入るように、下手人は一番手の花魁であるとの噂を流したのは、悪党どもだったのだ。

駒三はお夏に阿片のことを知られたと、思い込んでいた。仲間以外で、抜け荷の秘密を摑んだ者は、消さねばならない。それゆえお夏に朝霧殺しの罪を被せて、死罪送りにしようと謀ったのだ。もしくはお夏が耐え切れなくなるほどに追い詰めて、自害させるかだった。

手筈《てはず》は整い、駒三は、初めは朝霧の言うことを聞く素振りで、朝霧を油断させた。そして、おとなしく何度か通った後で、刺し殺したという訳だ。

結局、抜け荷に関与していた悪党たちは、勘定組頭、長崎奉行の検使、長崎の廻船問屋の主人、通詞、阿蘭陀宿の大番頭の駒三で、その一味としていろいろと手伝っていたのが権蔵とお豊のようであった。


真相が明らかになったので、お夏は番所から出られることとなり、誠一郎、弥助、新七に連れられて、駕籠に乗って川野に戻ってきた。まだ躰が元通りではないのに、短い間でも番所に留められ、お夏は酷く憔悴していた。

男たちに支えられながら川野に入ってきたお夏を、お純は言葉もなく抱き締めた。お夏もお純に凭れ、ほろほろと涙をこぼす。そんな二人を、男たちは温かな目で見守る。新七は洟を啜っていた。

皆でお夏を二階に上げると、誠一郎と新七は帰っていった。お夏は布団に横たわり、お純の手を握りながら、すぐに眠りに落ちていった。

少しして、お純は階段を下り、弥助に料理と酒を出して、ねぎらった。鰹のちらし寿司を頰張り、弥助は唸る。

「いやあ、最高じゃねえか！　悪党どもを引っ捕らえて、お夏も無事に戻ってきたし、一段と旨《う》えぜ」

「お前さん、ご苦労様でした。お夏ちゃんの無実の罪が晴れたし、朝霧さんの仇《かたき》も討てたし、本当によかったわ」

微笑むお純を見つめ、弥助はおもむろに頭を下げた。

「こちらこそありがとうよ、お純。お前の勘働きに助けてもらった。幽霊にまで化けてくれて、お前の活躍なしには、奴らを自白させることは叶わなかっただろう。林田の旦那にも言われたぜ。お前に、くれぐれも礼を言っておいてくれ、とな」

お純は含羞《はにか》んだ。

「今回は、お前さんのためだけじゃなくて、お夏ちゃんのためにも力になりたかったから、ちょっと張り切り過ぎちゃったかも」

「まあな。でも、お前のそういうお転婆なところ、嫌いじゃないぜ」

弥助は笑いながら、お純に酒を注ぐ。お純はそれを呑み、頬をほんのり染めた。

料理と酒を味わいながら、弥助は事件の顚末を話した。それを聞き、お純は溜息をつく。二人は朝霧について語り合った。

生まれはよかったのに、没落して辛酸を舐めた朝霧は、心が歪んでしまったのだろう。花魁を務めながらも、武家の生まれの自分は本来このような場所にいる人間ではないという矜持と、ここで働くしか生きる術《すべ》がないという現実の板挟みで、内心、酷く苦しんでいたに違いない。朝霧はとにかく、吉原という生き地獄から、早く逃げたかったのだろう。それがゆえに、強請りなどを思いついたのではなかろうか。

誠一郎が調べたところ、朝霧が長崎奉行配下の与力の娘だったというのは、本当のことであった。ならばカピタン一行の乱痴気騒ぎを目の当たりにして、朝霧はいっそう複雑な思いになっただろう。

もしや父親はこのような男たちに陥れられたのではないか、そのせいで自分もこのような目に……と思うと、やりきれなかったに違いない。そのやりきれなさは恨みに変わり、長崎に関わる卑劣な者たちを、困らせてやりたくなったのかもしれない。そう思えば、朝霧も気の毒な女であった。

「朝霧さんは、お父上のお仕事の関係で、小さい頃にカピタン料理を食べたことがあったのでしょう。阿蘭陀宿での宴はおぞましかったに違いないけれど、その料理に再び会えたのは嬉しかったのではないかしら。忘れかけていた懐かしい味を思い出して、それでいっそうはまってしまったのね」

「お夏もそうだが、朝霧も一皮剝《む》けば、悪い女じゃなかったのかもしれねえな。どこかで狂っちまったんだろう」

弥助は眉根を寄せ、酒を啜る。そして、不意に言った。

「でもよ、どうして朝霧は、最後に自らの血で、下手人の名を書かなかったんだろうな。こまぞう、と書いてくれてれば、もっと早く捕まえられたかもしれねえのに」

「私は、朝霧さんの気持ち、分かるような気がするわ。だって、この世に別れを告げる時、それも自分の血潮で書くのなら、憎い人の名ではなく、どうせならば好きだった人や物の名を書きたいんじゃないかしら。朝霧さんにとっては、それが薔薇、つまりは月季花だったのでしょう。結局、その名に手懸かりが隠されていたのだし」

弥助は腕を組み、息をついた。

「なるほど。お前の言うとおりかもしれねえ」

「もしかしたら朝霧さん、今度は薔薇に生まれ変わりたいと思いながら、亡くなったのかもしれないわね」

お純は静かに盃に口をつけた。

この悪事の黒幕は勘定組頭だったので、紅花屋の主人夫婦も言い包められてしまっていた。阿蘭陀宿への遣いは内密に行われたことだったし、妓楼の者たちは主人から口止めされていたのでいろいろなことが話せず、奉行所も阿蘭陀宿のことはなかなか気づかなかった。

だが、お純の勘働きのおかげで、突き止めることができ、悪党どもを捕らえられた。

目付《めつけ》に訴えたので、役人たちも処罰されるだろう。南蛮銃の抜け荷という、国の治安に関わることまで防ぐことができたのだ。

微妙なのは阿蘭陀宿の主人とカピタンで、宴が開かれた日は、どうやら二人ともそれには参加せず、抜け荷についても知らぬ存ぜぬの一点張りで、疑惑を残しながらも、捕縛までには至らなかった。

阿片を乱用したカピタン一行だが、上からのお達しで、そこはお目こぼしとなった。結局、責任を取らされるかのように、勘定組頭、長崎通詞、長崎奉行検使、阿蘭陀宿大番頭、紅花屋の主人夫婦が処罰されることとなった。また、その者たちの自白により、長崎の廻船問屋の主人も抜け荷に関わっていると分かり、その者も近々捕らえられるようだ。皆、切腹および死罪になると思われた。

お純は悪党たちの捕縛を喜びながらも、首を傾げた。

「阿蘭陀宿のご主人は、抜け荷には本当に関わっていなかったのかしら」

「本人は、まったく知らなかったと言っているけどな。大番頭の駒三以外は、たまに阿片を用いるぐらいで、抜け荷には本当に関わっていなかったのかもしれねえな」

「微妙なところよね」

「またお前が幽霊に化けて、脅かしてみるか」

「もう、からかわないでよ」

お純は頬を膨らませるも、笑ってしまう。幽霊に化けるのは、なかなか面白かったからだ。化けることを思いついたのは、お純自身だった。お夏に、声が朝霧に似ていると言われたことが、頭に残っていたのだ。

化ける時は、二階に匿っていたお夏に手伝ってもらった。顔立ちは似ていないが、お純と朝霧は背格好と声が似ているらしく、花魁の厚塗りをする化粧ならばどうにか誤魔化せるだろうと、お純は考えたのだ。

衣裳一式は、竜太が仮宅からこっそり持ち出し、弥助に渡してくれた。かつて憧れていた花魁の姿に一度なってみたかったお純は、大いに乗り気で朝霧の幽霊に扮《ふん》した。仮宅へ忍び込むことなどは、弥助や誠一郎、竜太たちに力添えしてもらった。

お純の大活躍で、紅花屋の主人に口を割らせることができた。主人を追い込むために、瓦版屋の耕平に頼んでわざと幽霊のことを書き立ててもらったのは言うまでもないが、それを考えたのもお純だった。

弥助は、痩せっぽちでソバカスが多くて、でも自分に見せる笑顔がとびきり可愛いお純をからかいつつも、しみじみ思った。

──こいつには決して、頭が上がらねえ。あっしの恋女房さ。

卯月も半ばになり、青葉が眩しい爽やかな季節となった。お夏が障子窓を開けて、空を飛び交う燕《つばめ》を眺めていると、お純が料理を運んできた。

お夏は顔をほころばせた。磯の香りが漂う、ホヤの炊き込みご飯と、ホヤと大葉の味噌汁、ホヤと胡瓜《きゅうり》と若布の酢の物。

故郷の仙台ではホヤがよく獲れるので、二人とも小さい頃からよく食べていたのだ。お夏は嬉々としてホヤの炊き込みご飯を頬張り、目を細めた。

「うん。お純ねえさんのお料理は、一番ね！」

「褒めてくれるのは嬉しいけれど、なんだか照れ臭いよ」

「あら、本当のことだもの。……だって私、禿だった頃、紅花屋でどうにか頑張れたのは、ねえさんのお料理を食べていたからだったのよ。毎日、楽しみだったの」

お純は目を見開いた。お夏は笑みを浮かべて、味噌汁を啜っている。

「そうだったんだ……」

「うん。本当のことを言うとね、ねえさんが途中で仕出し屋さんに移って、ご飯を味わえなくなったから、私も見世を移ったの」

お純の頬に、涙が伝う。お夏は食べる手を休め、姿勢を正した。

「ねえさんと弥助さんのおかげで、躰もすっかりよくなりました。改めて、本当にありがとうございました。私はそろそろ妓楼に戻ります」

お純は指で目元を拭い、洟を啜った。

「そんな。もっとゆっくりしていきなよ。ずっといてくれたって……」

「それは駄目。これ以上は甘えられません」

お夏はぴしゃりと言った後で、お純に微笑んだ。

「お純ねえさんは、お料理が得意だったでしょう。私は琴と踊りが好きだから、もしいつか吉原の外へ出られたら、それらで活計《たつき》を立てていけたらいいなと思っています。その願いを叶えられるよう、もう暫く頑張ってみる」

化粧けのないお夏は、凜《りん》として美しい。お純は思った。意志を持ったお夏を下手に引き留めることは、逆に自分がお夏に甘えてしまうことになると。

お純は涙を堪えて、笑みを浮かべた。

「お夏ちゃんの夢が叶うよう、私も祈っているわ。大丈夫、お夏ちゃんはしっかりしているもの。もし何かあったら、いつでも文をちょうだいね」

お夏の目が不意に潤む。

「ありがとうございます、ねえさん。こんな私を……許してくれて」

「何を言っているの。私たち、同じ故郷の、友じゃないの」

二人は手を握り合う。長年の蟠りは、もう、すっかり解けていた。

紅花屋の主人は、長らく番頭を務めていた与三郎に代わり、当分の間は、克江がお内儀代理としてやっていくようだ。昇二は見世を移ることになったらしい。

お夏が仮宅に戻る日、誠一郎とともに若い衆の竜太が迎えにきた。弥助は笑顔で、竜太の大きな背中を叩いた。

「お前さんに任せておけば安心だ。お夏をしっかり届けてくれよ」

「親分、かしこまりやした!」

竜太が弥助の口ぶりを真似ると、川野の店先で笑いが起きた。そして竜太は、お夏を真っすぐに見た。

「ご無事でよかったです。心配してました」

「ありがとう。もう大丈夫よ」

雲一つない晴天の下、清々しい風が吹いている。竜太はお夏に手を差し出した。

「荷物、俺が持ちます」

「いいわ。これは私が大切に持っていきたいの。お純ねえさんに作ってもらった、おにぎりが入っているんですもの」

お夏は風呂敷包みを胸に抱える。お純が口を挟んだ。

「多めに作っておいたから、竜太さんも召し上がってね」

「ありがとうございます! 楽しみだな。おかみさんの料理、味わってみたかったんです」

去り際に、お夏は改めて礼を述べた。

「ねえさん、弥助さん、ご恩は決して忘れません。いつか必ず、お返しいたします」

お夏は深く頭を下げ、誠一郎と竜太とともに、仮宅へ戻っていった。お純は店の前に立ち、お夏の凛とした後ろ姿が見えなくなるまで、ずっと見送っていた。


それから少しして、お夏の具合がすっかりよくなった頃、お純は弥助と一緒に、お夏改め朧月の花魁道中を見にいった。仮宅営業の時にも、花魁道中をすると聞いたからだ。

夕暮れ刻、仮宅沿いに人だかりができていた。朧月の花魁道中が始まるのだ。

朧月が現れると、どよめきが起きた。豪華な白無垢姿だったからだ。

吉原では、葉月朔日《はづきさくじつ》には、白無垢を着て花魁道中をする慣わしがある。今日はその日ではないが、復帰の晴れの日ゆえ、朧月は白無垢を纏ったのだろう。

朧月は雪の如く純白の仕掛けを纏い、高下駄を履いた足を外八文字にくねらせ、若い衆の竜太の肩に手を添えながら、大通りを歩いていく。

純白の仕掛けの背には、銀糸で弁天様が刺繡されている。前結びにした帯も同じく純白で、銀糸で孔雀《くじゃく》が刺繡されていた。島田《しまだ》に結った髷《まげ》には櫛《くし》や簪が幾つも飾られ、真白な装いに目元と口元の紅色が映える。

朧月の眩い姿に、歓声が沸き起こった。

朧月の後ろには、長柄傘を高く掲げた若い衆が控え、禿や振袖新造、番頭新造、遣手たちが続く。それらの者たちを引き連れ、しなやかな身のこなしで、朧月は堂々と進んでいく。

その姿を、お純も遠巻きに見守っていた。

「素敵……。もう一度見たかったの、お夏ちゃんの花魁道中。本当に弁天様みたい」

お純は胸の前で手を握り合わせる。感激し、声は微かに震えていた。

供の者たちが掲げた提灯《ちょうちん》や、仮宅の軒行灯に照らされ、朧月は、まるで夕闇に浮かぶ白い薔薇のように輝いている。

「よっ、花魁！」

「いつまでも咲き誇っておくんな！」

あちこちから、大きな声がかかる。朧月は艶やかな笑みを浮かべ、竜太の肩に手をつきながら、微かに会釈する。

──私が化けたようなものとは違う。お夏ちゃんでなければ、できないことだわ。やっぱり選ばれし女《ひと》なのね。

幼馴染の華々しい姿に、お純は惚れ惚れとし、胸を熱くさせる。

悩み、迷い、傷つきながらも、朧月は光を放ち、香り立つ。

お純と弥助は花魁道中を見届けるまで、寄り添い合って佇んでいた。

第二話　つなぐ縁

一

五月雨《さみだれ》の合間の、よく晴れた日。店が休みで、弥助も仕事が空《あ》いているので、お純夫婦は朝から八幡様へお詣《まい》りにいき、ぶらぶらと深川散策をしてからのんびりしていた。

弥助が居眠りをしている間に、お純は弥助の好物の蚕豆《そらまめ》を煮る。長閑《のどか》な日差しが入り込んでくる板場で、お純はささやかな幸せを噛《か》み締めつつ、弥助との出会いや、これまでにつないできた縁を思い出すのだった——

あれは七年前、お純が十九の時だった。その頃、お純は永代寺門前町の米問屋の台所で、大旦那の家族や店の者たちのために、躰《からだ》によい料理を作っていた。

お純が吉原から出ることができたのは、十八の時だ。

吉原では禿《かむろ》から台所へ回されて、ほかの娘たちの嘲《あざけ》るような視線を浴びながら、屈辱を感じつつも、お純は耐え、笑顔で働いた。

――そんなに安い仕事じゃ、借金なんていつまで経っても返せないわね。

そのようなことをあからさまに言う娘もいた。娘の言うことは尤《もっと》もだと思い、お純は幼心に絶望したものだ。

自分はもう一生、吉原から出ることができないのではないか、一生ここの下働きで終わるのではないか。そのような思いが絶えず込み上げてきて、胸が痛んだ。それでもお純は、寒い時には手にあかぎれを作りながら、仕事に励んだ。

初めは皿洗いばかりだったが、料理を任されるようになると、お純は俄然《がぜん》楽しくなってきた。その楽しさは、料理が好きな者にしか分からぬものであったろう。ここでお純はようやく、料理を作ることができるならば、ずっと吉原で働くのもよいかもしれないと思えるようになった。

お純が作る料理は妓楼の者にも好評で、いつの間にか、お純が作ったものしか食べない、などと駄々をこねる遊女まで現れ始めた。後に知ったことだが、お夏もお純の作る料理を密かに楽しみにしていたという。

妓楼では、普通、遊びにきた客には仕出し屋から出前を取るのだが、客に頼まれて、お純が料理を作って出すこともあった。客の間にも、お純の料理の評判が伝わっていたのだ。お純は、食材はもちろん、野草や薬草にも詳しく、躰によい料理を作ることができた。決して健《すこ》やかな環境とはいえない吉原の中で、お純の料理は重宝されたのだ。

やがて、お純に、吉原で一番の仕出し料理屋から声がかかった。うちで本格的に料理の腕を磨いてみないか、と。給金も悪くはなく、頑張れば、三十半《なか》ばになるまでには借金を返せそうだった。

紅花屋の主人夫婦も了解してくれたので、お純は仕出し料理屋で働くことを決めた。それが十六の時だ。

紅花屋を出ていく時、禿の筆頭として花魁教育を受けていたお夏が、複雑そうな面持ちで自分を見ていたことを、お純は覚えている。何も言葉は交わさなかったが、十六と十四の娘は、運命の重みというものを、それぞれ感じていただろう。

お純は自分のことを、華やかな世界に入れなかった地味な娘だと哀れんでいたが、お夏はお夏で、その華やかな世界に入る前の不安と恐れで押し潰されそうだったのかもしれない。

だが感傷に浸《ひた》る間もなく、お純は仕出し屋で忙しく働き始めた。舌の肥《こ》えた客たちに出す料理は、やはり妓楼の賄《まかな》いなどとは違い、覚えることも多かった。料理が得手なお純でも初めは失敗ばかりで、どうにか恥ずかしくないものを出したいと、何度も練習を重ね、どんどん腕を磨いていった。

この仕出し屋で、料理の師匠となる安兵衛《やすべえ》と出会い、お純はいっそう鍛えられた。安兵衛は寡黙《かもく》で頑固な老爺《ろうや》であり、お純を厳しくも優しく指導した。

お純は仕事の合間に、華美の極みの花魁道中を目にすることもあった。うっとりと眺めながらも、身を売ることにならずに済んだのは幸運だと思い直し、自分が置かれた場所で懸命に働いた。

半年も経つと、お純が作る料理は、さらに評判になっていった。手先が器用なお純は、素朴な煮物から、飾り切りまで、なんでもこなした。

ある時、安兵衛はお純に言った。

「なんでもいいから、お前さんの故郷の料理を作ってみな」

「はい」

お純は笑顔で頷き、おくずかけを作った。お彼岸やお盆の時に食べる、温麵《うーめん》を使った精進料理だ。素麵《そうめん》は生地を伸ばす時に表面に油を塗るが、温麵は油を塗らないで作る。油を使わないので素麵よりもさっぱりとしていて、素朴ながら品のある味わいだ。

安兵衛は温麵を食べたことがなく、お純が打ったそれを味見して、目を瞠《みは》った。

「この味は、ここのお客様方にも、きっと好まれるぜ」

「ああ、よかったです」

安兵衛に合格点をもらえたので、お純はひとまず安堵《あんど》し、次に汁を作っていった。季節の野菜を細かく切って、椎茸の戻し汁で煮込むのだが、その時は晩秋だったので、里芋や人参、牛蒡を用いた。それに豆腐と油揚げに糸蒟蒻、そして温麵を加えて、葛粉《くずこ》でとろみをつけてできあがりだ。

安兵衛はそれを味わい、唸《うな》った。

「一見、素朴で地味なんだ。でも、決してそれだけじゃねえ。どこか懐かしい味には、深みのある優しさを感じさせ、光るものがある。よし、これは、お客様へ出す品書きに加えよう」

「ええっ、本当ですか」

故郷の料理が品書きに加えられるなど、お純は信じられないような思いだった。

お純は仙台のみならず、陸奥と出羽《でわ》の料理はほとんど作れたので、安兵衛によく味を見てもらった。祖母が秋田、母が山形の出だったので、小さい頃から二人にいろいろな料理を教わったのだ。

「寒いほうの国だからか、奥州《おうしゅう》の料理には、味に深みと温かさがあるな。これらの料理を作れることは、必ずお前さんの役に立つぜ」

安兵衛に励まされ、お純はさらに腕を磨こうと、日々張り切った。

師走《しわす》のある時、お純は江戸町二丁目の、妓楼の座敷に呼ばれた。そこにいたのは花魁や振袖新造や遣り手、芸者、幇間《ほうかん》、そして風格のあるお客だった。このお客こそが、米問屋の大旦那である。

大旦那は当時、五十五歳。もはや色欲が目当てではなく、吉原で遊ぶ雰囲気を楽しむという、粋《いき》な客であった。その大旦那は予《かね》てからお純の料理をとても気に入っていて、このような料理を作るのはどのような娘か、見てみたかったとのことだった。

大旦那はお純を眺め、微笑んだ。

「ほう。若いのに、しっかりした味わいの料理を作っておるな。感心、感心」

「は、はい。あっ、ありがとうございます」

大見世の大きな座敷の華やかな空気に圧倒され、大旦那を前に、お純はがちがちに緊張してしまった。礼をしたまま、頭を上げることができない。

「そんなにかしこまらなくてよい。わしがお前さんに会いたくて呼んだのだ。もっと気楽にしておくれ。お前さん、酒は呑《の》むのかい？」

「あ、はい。一口ぐらいならば」

すると花魁が澄んだ声を響かせた。

「まあ、一口なんて、可愛《かわい》いでありんすなあ」

座敷に和《なご》やかな笑いが起きる。お純は頰《ほお》を紅潮させながら、ようやく顔を上げた。うつむいていたのは、ソバカスの多い顔を、皆にあまり見せたくなかったからだ。

お純と大旦那の目が合った。大旦那は穏やかな笑みを浮かべていた。

「お純といったな。わしは遥右衛門《はるえもん》。深川は永代寺門前町で、〈栄口屋《さかぐちや》〉という米問屋を営んでおる。まあ、これも、お前さんの料理が取り持ってくれた、何かの縁だ」

遥右衛門は銚子《ちょうし》を持ち、お純に向かって傾ける。お純がどうしてよいか分からずにいると、花魁が声をかけた。

「もっとお近づきなんし」

「は、はい」

お純はぎこちなくいざり寄り、震える手で花魁から盃《さかずき》を受け取ると、遥右衛門に向かって差し出した。

遥右衛門はお純に酒を注ぎ、二人は盃を合わせた。

「お純、これからも、ひとつよろしく頼む」

「はい、遥右衛門様。こちらこそよろしくお願いいたします」

お純はやっとの思いで言うと、緊張のあまりに、一息に呑み干してしまった。

ソバカスの多い頬が、ますます赤らんだ。

「ほう、これはなかなか」

「いける口でありんすねえ」

「これからが楽しみでげすな」

遥右衛門、花魁に続いて幇間までが口を挟むと、笑いが広がった。ようやく緊張がほぐれたのか、お純の顔にも笑みが浮かび、目尻が下がった。

これが、お純が遥右衛門とつないだ、初めての縁だった。そしてこの縁が、お純の運命を変えていくことになる。


遥右衛門は、お純の料理だけでなく、素直な人柄と気配りにも、心を惹かれていった。遥右衛門は吉原を訪れるたびにお純の料理を味わい、お純の成長を静かに見守り続けた。お純が作る、季節ごとの食材を取り入れた四季の味わいは、遥右衛門の胃《い》ノ腑《ふ》と心を癒《いや》してくれた。特に、お純の故郷の仙台の料理である〝ふすべ餅《もち》〟は、遥右衛門の大好物になった。

泥鰌《どじょう》を素《す》焼きにして、囲炉裏《いろり》で乾燥させ、包丁で刻んで粉状にする。粉状にした泥鰌と擂り下ろした大根と牛蒡に水を加えて火を点《つ》け、醬油と唐辛子を加えて煮る。それにつきたての餅を絡めてできあがりだ。煙で燻《いぶ》すことを「ふすべる」と言い、それが「ふすべ餅」の由来となっている。

泥鰌と餅の組み合わせが新鮮で、遥右衛門は夢中で味わった。座敷にお純を呼び、皆の前で大いに褒めた。

「わしは今までいろいろな泥鰌の料理を食べてきたが、餅に絡めたのは初めて見た。お前さんの故郷の仙台には、工夫された料理があるのだな」

「はい。私の家でも皆が好きで、作ると取り合いになっていました。私の亡くなったお父っつあんは、泥鰌とお餅には不思議な縁があると言っていました」

「ほう。縁か」

「はい。意外な組み合わせでも、縁があるから出会うべくして出会って、その結果、よい味が生まれたのだと。……でも、大旦那様にお出しするのは、躊躇《ためら》いもありましたが」

「躊躇い？　それはどうして」

お純は、遥右衛門の前の、空《から》になった椀に目をやった。

「見た目が茶色っぽくて、彩りがよい料理とは言えませんし、お座敷のお料理には地味過ぎますから」

遥右衛門は笑った。

「そのようなことはない。味は抜群だし、見た目だって、この茶色いところが、味が浸み込んでいそうで堪らぬのだよ。彩りが綺麗でも、旨いとは限らぬのが料理だからな。それでお純、願わくばお代わりをほしいのだが」

「はいっ！　すぐにお持ちいたします」

お純は一礼し、急いで仕出し屋へ戻っていった。遥右衛門は、妓楼の二階にある座敷の窓から、仲《なか》の町《ちょう》を駆けていくお純の姿を眺めていた。仲の町とは、吉原の大通りのことで、両側には引手《ひきて》茶屋が並んでいる。

お純が働いている仕出し屋は、揚屋町《あげやまち》にあった。揚屋町は江戸の町屋のような作りで、いろいろな店や、吉原で働く職人や芸者や幇間たちが住む長屋もある。

お純が、ふすべ餅のお代わりを持ってくると、遥右衛門はゆっくりと味わった。

「わしの妻も泥鰌が好きでな。よく二人で食べたものだ。その妻は、もう亡くなってしまったが」

神妙な顔で目を瞬かせるお純に、遥右衛門は微笑んだ。

「お前さんの料理を味わうと、そのような思い出が蘇《よみがえ》るんだ。この、ふすべ餅、妻にも食べさせてやりたかった」

いつも温かな遥右衛門の孤独が垣間見えたようで、お純の心は震えた。

遥右衛門は感慨深げに、静かに、お純の故郷の料理を堪能する。お純は遥右衛門を眺めながら、心の中で誓った。

——大旦那様に喜んでいただけるようなお料理を、もっともっと作れるよう、精進しなければ。

お純の料理は遥右衛門の癒しになっていただろうが、お純もまた、遥右衛門に励まされていた。

遊里に集まる客の中には、横暴な者もいる。

ある時、酔っ払ったお客が、わざわざお純を座敷に呼びつけ、お前の料理は不味《まず》いなどと繰り返した。江戸には合わぬ、田舎臭い味だ、と。

それだけでなく、このようなことも、ずけずけと言った。

「吉原で女の料理人など聞いたことがない。お前は器量がよくないから、そちらに回されたそうだな。美人に生まれず、可哀そうに」

すると、座敷に笑いが起きた。それは決して和やかなものではなく、嘲笑だった。

お純は恥ずかしさと悔しさで顔が真っ赤になり、唇を嚙み締めた。何か言い返してやりたかったが、その元気も出ず、顔を伏せたまま立ち上がって、仕出し屋へと逃げ帰った。

お純は酷く傷つき、その日は仕事に身が入らなかった。遥右衛門からの注文も、ぼんやりとしながら作ってしまった。

すると、料理を食べていつもと違うと感じたのだろう、遥右衛門がお純を座敷に呼びつけた。元気がないお純を眺め、遥右衛門は訊ねた。

「なにやら、今日の料理は、味に精彩を欠いているように感じたんだ。お純、何かあったのか？」

黙ったままのお純を、遥右衛門は優しい目で眺める。お純は重い口を開き、微かに震える声で、お客に言われたことを正直に話した。

すると遥右衛門は、お純を真っすぐに見て、言った。

「なに、愚《おろ》かな者というのは、どこにでもいるものだ。そのような者が放った言葉など、聞き捨ててしまえばいいのだよ。お純、わしはお前さんが遊女にならずに料理人になってくれたことに、感謝しているのだ。いつも笑顔で楽しそうに料理を作っているお前さんは、生き生きとして、実に可愛いからな。わしの本当の孫のように思えてくるのだよ」

遥右衛門の優しさに、お純はどれほど救われたであろう。

仕出し屋に戻ってきて、台所で喜びのあまり涙をこぼしていたお純に、師匠の安兵衛は語りかけた。

「お前さんがいい娘だから、いい人に巡り合えたんだよ。いいかお純、よいご縁を大切にするんだぜ」

お純は洟《はな》を啜りながら、安兵衛に頷いたのだった。


周りの者たちとのご縁を大切に、お純は料理に励んだ。月日が経ち、ある時、ついに遥右衛門はお純を身請けすることを申し出た。といっても、妾《めかけ》にするというのではなく、ただお純を吉原から出してあげるための策だった。仕出し屋の主人から、遥右衛門の意向を聞かされた時、お純は驚きのあまり言葉を失った。

「そこまでしてもらっては申し訳が立ちません」

お純は遥右衛門の申し出を断ったが、遥右衛門は勝手に主人と話を進めてしまっていたのだ。

遥右衛門はお純に言い聞かせた。

「わしはすっかり、お前さんが作る料理に惚れてしまってね。是非とも毎日味わいたいのだよ。お純、お願いだ。わしの家で、料理の腕を振るっておくれ。わしも、もう歳だ。お前さんの、美味しく躰にもよい料理が、必要なんだよ」

お純は、遥右衛門の心遣いが、痛いほどに分かった。遥右衛門は、懸命に働いているお純を見ているうちに、どうしても助け出したくなったのだろう。

お純にはいつか自分の店を持ちたいという夢があり、それを遥右衛門に、恥ずかしそうに語ったことがある。遥右衛門は、その夢を応援してあげたくも思っていたようだ。

吉原を出ていく決意をしたお純に、安兵衛は包丁を贈った。お純は目を瞠った。その古びてはいるが切れ味がよい包丁は、安兵衛が予てから愛用していたものだったからだ。

「お師匠様の大切な包丁ではないですか。お気持ちはありがたいですが、受け取れません」

顔を強張らせるお純に、安兵衛は微笑んだ。

「お前さんだから、受け取ってほしいんだよ。俺の分身の包丁を。お純、ますます腕を磨けよ」

安兵衛にそっと押し返され、お純は包丁を胸に抱いた。

「……では、ありがたくいただきます。あの、吉原を出てからも、たまにはここへ来て、お師匠様に教えてほしいと思っています。大旦那様にお願いして、連れてきてもらいますので」

「それはいけねえ」

安兵衛が強い口調で答えたので、お純は肩をびくっと震わせた。安兵衛はお純を見つめた。

「ここへはもう戻ってきちゃいけねえ。いいかお純、これからは、その包丁で、人生をどんどん切り開いていけよ」

お純は何度も頷き、涙をほろほろとこぼした。

年季の入った包丁とともに、安兵衛の言葉は自分の一生の宝物になるだろうと、お純は思った。

その時、お純は十八。吉原では辛いこともたくさんあったけれど、かけがえのないご縁を持つこともできた。そのことに深く感謝をしながら、お純は六年間いた吉原を去っていった。

二

遥右衛門が営む米問屋〈栄口屋〉へと引き取られた日、その風格のある店構えに、お純は目を瞠った。間口も十二間（およそ二十一・六メートル）はあり、大勢の奉公人が働いている。栄口屋は永代寺門前町で、百年以上も前から商いをしているとのことだった。

——こんな大店の大旦那様が、私みたいな娘に目をかけてくださったなんて。

お純は、遥右衛門の懐《ふところ》の大きさに、改めて恐れ入る思いだった。

遥右衛門はお純を皆に紹介してくれた。

「台所で働いてもらうことになった、お純だ。料理の腕は間違いないから、これからはますます食事の刻が楽しみになるぞ。皆、よろしく頼む」

「頑張りますので、よろしくお願いいたします」

深々と頭を下げるお純に、栄口屋の者たちは温かな眼差《まなざ》しを送った。

お純は張り切って働いた。台所にいる料理人はお純のほかは、四十代半ばのお照《てる》と、二十代半ばの昌平《しょうへい》だ。その三人で朝昼晩と、遥右衛門の家族や奉公人を含めて四十人ほどの賄いをしなければならなかった。

お純は来たその日から、手際よく働いた。寒い日に震えながら賄いをしていた妓楼での仕事に比べれば、栄口屋の台所は暖かく風通しもよくて、なんて恵まれているのだろうと思えた。お給金も、もちろんもらえるので、故郷の祖父母や弟妹たちに仕送りもできる。お純は、栄口屋に置いてもらえることのありがたさを嚙み締めて、いっそう張り切った。

台所仲間のお照と昌平は気さくで情があり、お純はすぐに打ち解けた。二人とも腕がよく、三人で相談して献立《こんだて》を決めたり、料理に工夫したりすることは、とても楽しかった。

吉原から来た娘ということで、遥右衛門の嫁やほかの女中たちは、初めは訝《いぶか》しげにお純を見ていた。だが、お純の素直な態度が分かると、優しく接してくれるようになった。

遥右衛門の孫の遥太郎《はるたろう》は偏食だったが、お純が来てからそれが治り始め、皆に感謝されたものだ。

野菜、特に人参が苦手で食べられなかった遥太郎に、お純はある料理を考えた。茹《ゆ》でて潰した人参とじゃがたら芋を、饂飩粉、卵の黄身と混ぜ合わせ、塩で味付けしながら平たく形作って、揚げ焼きにしたのだ。

それに、鰹出汁が利いたタレをかけて出すと、遥太郎は目を細めて味わった。

「この子が人参を克服できたなんて。お純のおかげよ。ありがとう」

遥太郎の母親の利津《りつ》に礼を言われて、お純は嬉しかった。遥太郎は素直で善《よ》い子なのだが、少々内気で、風邪《かぜ》を引きやすいので、利津はもっと丈夫に育てたいようだった。それゆえ、料理に工夫をして遥太郎の野菜嫌いを直していくお純に、利津は信頼を置くようになった。

遥太郎の父親であり、遥右衛門の息子である遥一郎《はるいちろう》も温和な気性で、手の空いている時には、お純に囲碁を教えてくれることもあった。

栄口屋に奉公して瞬く間に一年が経ち、お純は十九になった。周りの人たちに恵まれ、楽しく働いていた、如月も半ばのある日。ある事件が起きた。

遥太郎が、通っていた剣術道場からなかなか帰ってこずに、神隠しにでも遭ったかのように消えてしまったのだ。遥太郎は齢十二。その頃ちょうど、子供が突如行方知れずになる、神隠し事件が深川で相次いでいたので、大騒ぎになった。

ちなみに神隠し事件とは、九歳から十三歳ぐらいの子供が三人、立て続けにいなくなってしまったのだ。三人とも裕福な家の子供なので、金目的の勾引《かどわ》かしかと思われたが、金の要求がどこの家にも未《いま》だにきていないという。それゆえに神隠しではないか、あるいは河童や天狗《てんぐ》に攫《さら》われたのではないかと噂になっていた。

そのような折に遥太郎が消えてしまい、お純も気が動転し、おろおろするばかりだった。遥太郎は人見知りするところがあったが、一度打ち解けた相手には人懐っこくなり、お純とも仲がよかった。

遥太郎はお純の一番下の弟と同じ歳で、優しげな顔立ちや雰囲気が、どこか似ていた。それゆえにお純は遥太郎がいっそう可愛かったのだ。

栄口屋は大店ゆえ、金目的の勾引かしかと、番頭が奉行所へ届けに走った。ほかの皆も、あちこち捜し回った。お純も姉《あね》さん被《かぶ》りに前掛けをした姿で、遥太郎の名前を呼びながら、門前町を走り回った。

「坊ちゃん！　遥太郎坊ちゃん！」

しかし、遥太郎は見つからない。日増しに暖かくなってくる頃、お純は全身に汗を滲《にじ》ませて遥太郎を捜した。

広い門前町をぐるりと回ってお純が栄口屋へと戻ると、ほどなくして奉行所から同心と岡っ引きがやってきた。同心は林田誠一郎と名乗り、岡っ引きは弥助と名乗った。これが、お純と弥助の出会いだった。

誠一郎と弥助は、遥右衛門の部屋に通され、お純がお茶を淹《い》れて運んだ。部屋には、遥右衛門のほかに遥一郎と利津がいて、三人とも酷く憔悴した顔をしていた。

「どうぞ」

お純がお茶を出すと、誠一郎は丁寧に礼をした。

「かたじけない」

弥助は目つきの鋭い仏頂面で、黙ったまま、軽く会釈《えしやく》をしただけだった。

誠一郎は当時、齢二十一で、頼りなくは見えたが、言葉遣いや仕草には品があった。他方、齢二十四の弥助は、なにやらやけに粋がっていて、破落戸《ごろつき》の雰囲気さえ漂わせていた。

それがお純には青臭く映り、お純の弥助に対する初めての印象は、あまりよくなかったのだ。誠一郎と弥助はまず、遥右衛門たちに話を聞き、それから遥太郎の部屋を調べた。帳面などを詳しく見ていたが、手懸かりになるものは、見つからなかったようだ。

その後で、二人は店の者たちに、近頃の遥太郎の様子などについて訊ねていった。順番がくると、お純は緊張した。

「大旦那に聞いたが、お前さんは遥太郎と仲がよかったそうだね。お前さんのことを、姉のように慕《した》っていたという。ならば、遥太郎からいろいろ話を聞いているのではないか。どうだ、遥太郎に、最近、何か変わったことはなかったか」

誠一郎に訊かれ、お純は首を傾げた。

「そうですね。……思い出してみましても、私には、特別変わったことは感じられませんでした。ご飯もしっかりお召し上がりになっていましたし、手習い所にも道場にも、元気に通っていらっしゃいました」

「親と喧嘩《けんか》したなどということもなかっただろうか」

「はい、そのようなことは、まったくございませんでした」

「友とはどうだろう」

「どうなのでしょう。坊ちゃんはとても穏やかなご気性ですので、喧嘩をなさるようには思われませんが」

するとと弥助が口を挟んだ。

「手習い所や道場で虐《いじ》められていたってことは、ありやせんか。大店の苦労知らずの坊ちゃんなどは、標的にされやすいですぜ」

弥助の物言いに、お純はなにやら、かちんときた。

「いいえ、そのようなこともなかったと思います。坊ちゃんは、毎日楽しそうにしていらっしゃいました」

「家では楽しそうに見せかけていても、内心は寂しい思いを抱えている子供たちって、結構いるんですぜ。だからこそ、その寂しさにつけ込んで悪さを働こうとする大人たちってのも、後を絶たないんで」

お純は下がり気味の目尻を珍しく吊《つ》り上げ、弥助を睨《ね》めた。

「嫌なことを言わないでください」

「嫌なことが真実ってことも、たくさんあるんでね。その真実を探り出すのが、あっしたちの仕事なんで」

お純が頬を膨らませて押し黙ってしまうと、誠一郎が穏やかに訊ねた。

「お前さんには、遥太郎はいつもと変わらずに元気に見えたという訳だね」

「はい……さようです」

「遥太郎が何かに怯えていたり、何者かを恐れているような気配も、感じられなかったか」

「はい、まったく感じられませんでした」

「そうか。話を聞かせてくれて、礼を言う」

誠一郎たちが全員に話を聞き終えた時には、もう夜中だった。遥太郎は帰ってこず、金を要求する文《ふみ》なども届かない。しんとする部屋の中、使用人たちが、やはり河童の仕業だろうか、などとひそひそ話をしている。

遥右衛門たちは憔悴し、半日で躰が一回りほど小さくなったように見えた。お純は居た堪れなくなりながら、心に誓った。

——絶対に、遥太郎坊ちゃんを捜し出してみせる。私の恩人のお孫様なのだもの。坊ちゃんなら必ず元気に生きていらっしゃる。

気丈さを保ちつつも、その夜、お純はなかなか寝つけなかった。

——いつもと同じようにしていながら、突然消えてしまうなんて。……やはり、神隠しなのかしら。

お純は吉原を出て深川で暮らすようになってから、深川に伝わる不思議話を、よく聞かされた。置行堀《おいてけぼり》や灯無蕎麦《あかりなしそば》などの七不思議はもちろん、狐《きつね》や狸《たぬき》の化かし合いや、河童や天狗や鷲《わし》などの悪戯話《いたずらばなし》だ。

お純はそのような話を半信半疑で聞いていたが、子供の神隠しが相次いだりすると、この世には人知が及ばぬ奇妙なことも本当にあり得るのではないかと思えてくる。

――そういえば私の故郷でも、突然、小さな子が消えてしまうことがあったっけ。神隠しとも言われたし、人攫《ひとさら》いの仕業《しわざ》とも言われたわ。

背筋が冷たくなり、お純は半身を起こした。

――神様、お願いです。遥太郎坊ちゃんがどうかご無事でいらっしゃいますように。お守りください。

祈るような思いだった。

翌朝、お純は寝不足ながらも、いつものように七つ（午前四時頃）に起きて、朝餉《あさげ》の支度《したく》にかかった。

目の周りに隈《くま》ができているのは、遥太郎のことが心配で、よく眠れなかったからだ。それは皆も同様だったようで、いつもはほとんど残されることがない朝餉も、食べきれずに残してしまっていた。

皆の膳をかたづけ、お純が溜息をつきながら皿や椀を洗っているところへ、弥助が再び訪れた。裏口から入り、台所の窓の外から声をかけてきたので、お純が出ていった。

裏庭には梅の木があり、薄紅色の花が満開だったが、お純にはやけに色褪《あ》せて見えた。

弥助は懐手で、お純に訊ねた。

「坊ちゃんは帰ってきやしたか」

「いえ、まだです」

「金の要求はありやしたか」

「いえ、それもありません」

「なるほど。やはりこれも神隠しかもしれやせんね。このところ、深川で続いてやすから」

お純の面持ちが強張る。弥助は平然と続けた。

「仙台堀に、人攫い河童がよく出るって噂がありやしてね。その河童は人間の子供を攫っては、ほかの河童や獺《かわうそ》に与えたり、角兵衛獅子《かくべえじし》に売ったりしているそうですぜ」

「やめてください」

お純はついに怒った。

「縁起でもないことを言わないでください！　……私たちが昨夜から、坊ちゃんのことをどれだけ心配しているか。もっと相手の気持ちも考えて、探索してください」

お純の激しさに、弥助は驚いたようだった。だが、遥太郎のことを本気で心配しているからこそ怒ったのだと、分かったのだろう。弥助は怒り返さずに謝った。

「すみやせん。思慮が足りやせんでした。よけいに心配させちまいやして」

お純は目元を指で拭いながら、弥助に頭を下げた。

「私も、ごめんなさい。せっかく探索してくださっているのに、偉そうなことを言ってしまって」

二人は少し打ち解け、梅の花の薫香《くんこう》が漂う中、約束を交わした。

「こうなったら、何が何でも、坊ちゃんを捜し出しやしょう」

「はい。私もできる限りお力添えしますので、よろしくお願いします」

弥助は声を少し潜《ひそ》めた。

「坊ちゃんは、手習い所や道場へは一人で行っていたんですか。下男が付き添ってはいやせんでしたか」

「はい。お一人で行かれてました。男の子ですし、大旦那様も若旦那様も、そこまで甘やかすのはよくないというお考えで。坊ちゃんを逞《たくま》しくお育てになりたいようです」

「では帰りに、どこかに寄っていたかもしれやせんね」

「たまに帰ってくるのが遅くなることがありましたが、いつもは暮れ六つには必ず家にいらっしゃいました」

「見世物小屋や小芝居などに興味はありやせんでしたか」

「いえ、なかったと思います。お相撲《すもう》には少し興味があったようですが」

「相撲ですか」

「はい。一度か二度、勧進《かんじん》相撲を見にいかれたことがあったように思います」

「八幡様にですか。すぐ傍《そば》ですもんね」

富岡八幡宮は、勧進相撲の発祥の地である。

「はい。楽しまれたようでした」

「そのほかには、坊ちゃんは何がお好きだったのでしょう。昨日、部屋を見せてもらいやしたが、今一つ、摑めやせんでした」

お純は思い出しつつ、答えた。

「生き物がお好きでした。犬や猫、鳥、などです。ずっと犬を飼っていらっしゃいましたが、半年ほど前に亡くなってしまったんです。それが悲しかったようで、一時は酷く落ち込んでいらっしゃいました」

「そういえば部屋に猫の絵が貼ってありやした。……ならば、生き物を追いかけて、どこか知らぬ道に迷いこんじまった、なんてこともあり得やすよね」

お純は手を打った。

「ああ、それはあるかもしれません。坊ちゃんは、どこかで迷子になっているのかも」

悪党に折檻《せっかん》されたり、怪しげなところに売り飛ばされることを考えれば、迷子でいてくれたほうがまだ救いがあった。

「迷子石に紙を貼っておきやしょう。あと、坊ちゃんの似面絵を作りたいので、力添えしてもらえやせんか。午前《ひるまえ》に、絵師を連れて再び伺《うかが》いやすんで、よろしくお願いいたしやす」

「かしこまりました。お力添えさせていただきます」

弥助が声を低めた。

「ところで、奉公人の中に怪しい者は見られやせんでしたか」

お純は、すぐさま首を横に振った。

「そのような者はおりません」

「分かりやした」

弥助はお純を真っすぐに見つめて頷くと、遥太郎の友に話を聞きに走った。お純はこっそりと、二階の遥太郎の部屋に入ってみた。

弥助たちは見つけられなかったようだが、部屋の中に、何か手懸かりが残されているかもしれないと思ったからだ。お純は遥太郎を弟のように可愛がり、遥太郎もまたお純のことを真の姉のように慕っていた。繊細な者同士、分かり合えるところがあったのだろう。

部屋は、綺麗好きな遥太郎らしく、丁寧に片付けられていた。上手に書けた習字や絵を壁に貼ってもいた。予てからお純は、遥太郎は絵に才があると思っている。

遥太郎が描いた猫の絵を眺めながら、お純はふと首を傾げた。

——凄く丁寧に描かれているけれど、どこの猫なんだろう。今にも啼《な》き声《ごえ》を上げそうなほど、具《つぶさ》に描かれているわ。

さらに部屋の角に置いてある簞笥《たんす》に近づき、引き出しを開けてみる。

すると、下から二番目の引き出しから、包み紙と、それを縛っていたような細い紐を見つけた。遥太郎は、薄紫色の包み紙を丁寧に畳んで仕舞っていた。

お純は包み紙を開いて、じっくりと眺め、匂いを嗅いでみた。

――これには、お煎餅が包まれていたのではないかしら。

醬油と胡麻の芳《こう》ばしい匂いがしたのだ。煎餅が欠けたような粉も残っている。

それを指で掬って、お純は確認した。

――やはりお煎餅で間違いないようね。

しかし、遥太郎は買い食いをするようなことはしないし、包み紙の具合からも、店で売っていたようなものには思えない。薄紫色のとても綺麗な紙なのだが、店で使うには薄過ぎるように思えた。

――誰かから、手作りのお煎餅をもらったのでは。

お純はそう推測した。遥太郎のことだ、手作りの煎餅を受け取って食べ切るほどならば、よほど心を許した相手なのだろう。薄紫色の包み紙は、皺《しわ》を伸ばすように、丁寧に畳まれてあった。そのことからも、遥太郎の几帳面《きちようめん》な気性だけでなく、煎餅をくれた相手への思いが伝わってくる。

――もしや優しい顔で坊ちゃんに近づき、油断をさせて……などということはないわよね。

お純がもう一つ気になったのは、包み紙を縛っていたであろう、青い細紐だった。

――この細紐、どこかで見たことがあるわ。

もやもやとするも、はっきりと思い出せない。すると、廊下から、何か小さな音が聞こえた。お純が襖《ふすま》を開けると、何者かが急ぎ足で立ち去っていくのが目に入った。

――あの後ろ姿は、勇次《ゆうじ》さんだわ。

勇次とは栄口屋の手代である。齢二十一の勇次は丁稚奉公《でっちぼうこう》から始め、この頃では遥太郎の下男のような役割も務めていた。

お純は、弥助に訊かれたことを思い出した。奉公人の中に怪しい者は見られなかったか、と。

――まさか勇次さんが……。ううん、そんなことは絶対にない。坊ちゃんも勇次さんには懐いていたもの。勇次さんに少しでもおかしなところがあれば、坊ちゃんだってすぐに気づくはずよ。

お純は包み紙を畳み直し、青い細紐と一緒に、引き出しの元にあった場所に仕舞った。

弥助は約束通り絵師を連れてきたので、お純は二人を居間へと通した。そして、遥右衛門、遥一郎、利津の立ち会いのもと、遥太郎の似面絵が作られた。完成した似面絵を見せてもらい、お純は驚いた。遥太郎にそっくりだったからだ。

「これで坊ちゃんを捜してみやす。お力添え、ありがとうございやした」

弥助は礼を述べ、絵師とともに帰っていった。

それでも遥太郎は、帰ってこなかった。日が暮れる頃に弥助が訪れて、お純は裏庭で密かに話をした。

弥助が遥太郎の友の数人に話を聞いてみたところ、近頃の遥太郎には別段変わったところも見られず、いたって普通であったという。

「坊ちゃんは、とてもよいご気性だったようで」と、弥助はこのような話もした。

遥太郎は今年の初め頃、友と八幡様にお詣りにいった際、困っていたお婆さんを助けてあげたという。

お婆さんはその時、目の病《やまい》に罹《かか》っていて、急に痛み出して見えなくなってしまったようで、人ごみの中で動けずにいた。遥太郎は察知し、お婆さんの手を引いて、床几《しょうぎ》に座らせてあげたという。お婆さんは感謝し、遥太郎に何度もお礼を言った。遥太郎はお婆さんの巾着から薬を取り出し、水茶屋で水をもらって、飲ませてあげた。少し経つとお婆さんは見えるようになり、涙を拭いながら再びお礼を述べた。

遥太郎と友も床几に腰を下ろし、お婆さんと少し話をした。お婆さんは身寄りがなく、働いているようだった。何の仕事か詳しくは話さなかったが、お婆さんは弱々しく微笑んだ。

――目が悪くては仕事もできないから、目が早く治りますようにとお詣りにきたのだけれど、ご迷惑おかけしてしまったわね。ごめんなさいね。

すると遥太郎は首を横に振り、答えたそうだ。

――そんなことありません。八幡様は必ず願い事を叶えてくれますから、きっとすぐに治ります。

友は用事があったのでそこで別れたが、遥太郎はどうやらお婆さんを家まで送っていったようだったという。

それはお純も初めて聞く話で、遥太郎の人に対する優しさや思いやりが伝わってきて、胸が熱くなった。

しかし、不安にもなるのだった。そのような優しさが仇となり、悪者につけ込まれたら……と。

それは、弥助も同じように思っていた。

「そのようなご気性の坊ちゃんならば、道に迷ったから案内して、などと頼まれて、引き受けたところそのまま連れ去られちまう、なんてこともあり得るんじゃねえかと」

「でも坊ちゃんは、賢い方ですので、怪しい人は察知できると思います」

お純はそう答えながらも、心は不安ではち切れそうだった。そのような気持ちが伝わったのだろう、弥助は息をつき、お純に微笑みかけた。

「分かりやした。坊ちゃんの無事を信じやしょう。あっしも頑張って捜しますので、引き続き、お力添えをお願いしやす」

「こちらこそよろしくお願いいたします」

弥助は丁寧に辞儀をして、帰っていった。

お純は気に懸かりつつも、手代の勇次のことは話さなかった。話してしまえば、栄口屋の者を疑っていることになる。お純は、自分のそのような心が、許せなかった。栄口屋は、お純の恩人である遥右衛門の店だ。そこで働く者たちを疑う心は、やはり持ちたくはなかった。


その夜、お純は夕餉の支度をしながらも、落ち着かなかった。皆、食欲がなくなってしまっているが、何も食べない訳にはいかないので、一応作る。

これならば少しは食べてくれるだろうと、お純は遥右衛門たちの好物であるフキノトウの味噌和えを作り始めた。爽やかな彩りのフキノトウは、お純の心を慰《なぐさ》めてくれる。

フキノトウを洗って茹でてアクを抜き、水気を切って、細かく刻む。それを胡麻油で軽く炒めながら、味噌と味醂と酒を絡ませていく。

作りながら、お純はあることを思い出した。

——そういえば、一月前頃、遥太郎坊ちゃんに訊かれたっけ。フキノトウの若芽について。フキノトウはえぐみがあるから、アク抜きしなければならないって、教えたけれど。

お純がフキノトウを炒めるのも、アクの回りが早いので、それを防ぐためだ。

遥太郎はどうしてフキノトウのことを訊いたのだろうと、お純は今にして思う。

そのようなことを考えつつ味見をすると、フキノトウのほろ苦さが、お純の舌にじんわりと染み入った。


遥太郎が消えて三日目の朝、お純は仕込みが一段落すると、お照と昌平に声をかけた。

「すみません。すぐに戻りますので、ちょっと外に出てもいいでしょうか」

「ああ、いいよ。でも、早く帰ってきな」

「坊ちゃんのことが気懸かりで、捜してきたいんだろう？　気をつけてな」

二人が了解してくれたので、お純は頭を下げ、裏口から出ていった。

明るくなってきた頃、お純はまず、八幡様へと向かった。昨日、弥助から、遥太郎が八幡様でお婆さんを助けてあげたことを聞き、なにやら気になったのだ。

お純はまた、遥太郎の無事を八幡様に祈りたい気持ちに突き動かされてもいた。

姉さん被りの手ぬぐいと、前掛けを外すのも忘れて出てきてしまった。八幡様の大きな鳥居を駆け足で通り抜け、お純は拝殿に真っすぐに向かった。

石段を上がり、お純は少し息を切らしながら、朱色の拝殿の前へと立った。鈴を鳴らし、目を瞑って手を合わせる。

――遥太郎坊ちゃんがご無事でありますように。今日には必ず見つかりますように。

躰を微かに震わせながら、懸命に祈った。目を開けると、穏やかな光が見えたような気がしたが、お純の不安は拭えない。

朝早いので、ほかに人影はなかった。それゆえ、遥太郎について聞き込みをすることは無理のようだ。それでもお純は八幡様を一巡りして、遥太郎の手懸かりを何か摑もうとした。しかし、容易には見つからなかった。

――人が集まっている刻に、改めて来たほうがいいわね。

お純は八幡様での探索を打ち切り、帰ることにした。鳥居を出る時、振り返り、拝殿に向かって再び頭を深く下げた。

肩を落として栄口屋へと戻りながら、店の近くの草むらに、人影を見た。そっと近づいてみて、お純は目を瞬かせた。

人影は、手代の勇次だったからだ。勇次は身を屈め、お純に背を向けた姿で、猫に餌をあげていた。その灰色の毛並みの猫に、お純は見覚えがあった。遥太郎が絵に描いていた猫だったからだ。

お純は恐る恐る、勇次に声をかけた。勇次はぎょっとしたように振り返り、おもむろに立ち上がった。

「おはよう」

勇次は会釈をする。お純も挨拶を返して、微笑んだ。

草むらで、二人は少し話をした。

「遥太郎坊ちゃんのお部屋の壁に、絵が貼ってあったんです。あの絵は、この猫を描いたものだったのでしょうか」

「そうだ。昨年の秋、八幡様で勧進相撲があっただろう。あの時、私が坊ちゃんに付き添ったのだが、その帰り道、坊ちゃんがここで、猫を見つけたんだ」

「野良猫なのですね」

「そのようだ。坊ちゃんはこの猫をとても気に入られて、猫もすぐに坊ちゃんに懐いた。坊ちゃんは拾って帰りたかったようだが、躊躇われた。お内儀様は、猫の毛に過敏でいらっしゃるのでな」

「ああ、そうですよね。お内儀様は、くしゃみがお止まりにならなくなったり、湿疹が出たりするのですよね」

「それゆえ、坊ちゃんは、この猫を外で可愛がるようになったんだ。猫がこの草むらからいなくならないように、私もよくここを訪れ、餌をあげていた。坊ちゃんは猫が可愛いあまり、絵に描くようになった。その時には私もここへ付き添って、手伝った。猫が動かないように、そっと抱いていたんだ」

「そうだったのですね。勇次さんが猫を押さえていたから、坊ちゃんはあれほど細かく猫を描けたのでしょう」

勇次は溜息をついた。

「坊ちゃんは……もしや猫を追って、どこかへ迷い込んでしまったのだろうか」

お純は考えを巡らせた。

「この猫を追いかけて迷子になってしまったということは、あり得るでしょうね。それで、猫だけ戻ってきたと」

「怖いのは、何者かにどこかへ連れ去られてしまった場合だよな」

お純と勇次は、目と目を見交わす。

「奉行所に行って、猫のことを話したほうがいいだろうか」

「岡っ引きの親分さんに、私から話しておきます」

「よろしく頼む」

勇次はお純に頭を下げた。勇次には疚《やま》しいところは感じられず、お純は安堵した。

お純が遥太郎の部屋を見ていた時に、廊下に勇次の気配を感じたのは、単に勇次も心配になって見にきたのだろうと思われた。


お純は急いで栄口屋に戻り、お照と昌平とともに、朝餉の支度をした。蕗《ふき》ご飯、蕪《かぶ》の味噌汁、厚揚げのシラス載せ、蕪の梅酢漬け、それに納豆と海苔だ。

店の者たちは遥太郎を気に懸けながらも食欲が戻ってきていたが、母親の利津は一口も食べられず、お純は心配になった。

朝餉をかたづけ、お純たちが一休みしていると、なにやら騒がしい声が聞こえてきた。台所に遥右衛門が現れたので、お純は目を丸くした。

「どうなさったんですか」

「利津が倒れた。医者を呼んできてくれ」

遥右衛門も動揺しているようだ。お純は慌てて外に飛び出し、門前町でも名高い医者を連れてきた。

医者は利津を診て、息をついた。

「心を病んだのと、滋養不足が原因だろう。かなり衰弱しているから、お粥ぐらいはしっかり食べさせるように」

「はい」

遥右衛門、遥一郎、お純は声を揃えて返事をし、項垂《うなだ》れた。

医者を見送った後、お純は考えた。

――お内儀様は卵がお好きだから、卵粥ならば召し上がってくれるかもしれない。

だが卵は切らしてしまっていたので、お純はそれを買いに外へ出た。

その帰り道、芸者の豆吉にばったりと会った。栄口屋が店を構える永代寺門前町には花街もあり、芸者が多いのだ。豆吉は、遥右衛門のお気に入りで、その伝《つ》手《て》でお純も見知っていた。

「あらお純ちゃん。どこかへお使い？」

「卵を買って、帰るところです」

「そうなんだ。今日も可愛いじゃない」

豆吉は整った顔に笑みを浮かべ、お純の頬をそっと指で突く。お純はなにやら動悸が速くなった。

豆吉は鼠《ねずみ》色の着物に黒羽織を纏い、垢抜けながらも色香に溢れている。深川の芸者は冬でも足袋《たび》を穿《は》かずに素足だが、豆吉の踵《かかと》は剝いた大蒜《にんにく》のように真っ白だ。

「姐さんこそ、お綺麗でいらっしゃいます」

豆吉の艶やかな姿にうっとりしつつ、お純はその髪を見て、あっと声を上げた。

「どうしたの？」

豆吉は目を丸くして、島田に結った髪に手を当てる。

お純は気づいたのだ。遥太郎の部屋で見つけた、煎餅の包みを縛っていたであろう、青い細紐。どこかで見たことがあると思ったが、近頃、芸者が髪に編み込むように飾っているものだったと。

お純の驚いた顔を見ながら、豆吉は得意げに言った。

「近頃、このように水引《みずひき》を髪に編み込むのが、芸者の間で流行《はや》っているのよ。いろいろな色を、差し色で楽しめるでしょう。私は青がお気に入りだけれど、紫や赤の水引を編み込んでいる芸者も多いわよ」

豆吉の話を聞きながら、お純は勘を働かせた。

――遥太郎坊ちゃんの部屋に残されていた紐が、髪飾りの水引ならば、お煎餅をくれたのはおそらく髪結いだったのでは？　すると……もしや、坊ちゃんが八幡様で助けたというお婆さんが、そうだったのではないかしら。

お純は勢い込んで、豆吉に訊ねた。

「近頃、目を患《わずら》っていたという、髪結いのお婆さんを知りませんか？」

豆吉は気圧《けお》されながらも、約束した。

「私は知らないけれど、仲間に訊いてみるわ」

「お願いします」

お純は真剣な面持ちで、頷いた。

栄口屋に戻り、卵粥を作りながら、お純は推測した。

――遥太郎坊ちゃんは、髪結いのお婆さんのところに、会いにいったのではないかしら。

お純は居ても立ってもいられない思いだ。八幡様へ再び行って、確かめたいのだ。

逸《はや》る気持ちを抑えながら、お純は昆布出汁で作った優しい味わいの卵粥を、利津に出した。白い粥にふんわりと溶き卵がかかった見た目も、なんとも穏やかだ。

「召し上がってください」

お純が声をかけても、利津は卵粥を眺めるばかりで、匙《さじ》を持とうともしない。一人っ子の遥太郎を、利津がどれほど可愛がっているか、お純も知っている。その遥太郎が帰ってこないのだから、心配で胸が押し潰されそうなのだろう。

憔悴し、目も虚《うつ》ろな利津に、お純は微笑みかけた。

「何も召し上がらなくては、躰に毒です。大丈夫ですよ。遥太郎坊ちゃんは、必ず見つかります。今、お役人様方が、懸命に捜してくださっていますので」

利津は力のない目で、お純を見る。お純は利津の白い手を、そっと握った。

「私は坊ちゃんを信じているのです。怪しい人や、怪しいことに、決して近づいたりなさらないと。坊ちゃんは賢い方ですもの。その坊ちゃんを信じて、お帰りをお待ちしましょう」

「そうね……」

利津はお純を見つめながら、ほろほろと涙をこぼした。二人を、少し下がって、遥右衛門と遥一郎が見守っている。

お純は袂から手ぬぐいを取り出して、利津の涙を拭った。

「私の手ぬぐいで失礼いたします」

利津は首を横に振り、お純にそっと凭《もた》れる。涙が収まると、お純は利津の背中をさすった。

利津は卵粥に目を留め、手を伸ばそうとした。お純が匙で掬って、利津の口元に運ぶと、利津はようやく食べた。利津はお純に凭れながら味わい、呟いた。

「優しい味ね」

裏庭のほうからメジロの啼き声が聞こえてくる。梅の蜜を味わいにきているようだった。

利津が卵粥を食べてくれたので、お純はひとまず安心し、お使いにいってくると遥右衛門に告げて、八幡様へと向かった。

八つ（午後二時頃）近く、八幡様は多くの人々で賑わっていた。広い参道の両側には腰掛茶屋や料理屋が並び、屋台なども出ていた。料理屋には入りにくかったので、お純は腰掛茶屋や屋台を回って、聞き込みをしてみた。

「ここにお詣りにくる、目の具合が悪いようなお婆さんをご存じですか」

しかし、誰もが首を傾げた。

「それだけじゃあ、分からないねえ。お詣りにくる人は毎日たくさんいるし、お婆さんだって多いからね」

お純は続いて、こうも訊ねてみた。

「そのお婆さんは、もしかしたら髪結いかもしれません」

だが、やはり、お婆さんに心当たりのある人は見つけられなかった。

お純はぐるぐると回ってみたものの、手懸かりは摑めず、それらしきお婆さんも見当たらなかった。

広い八幡様の中、本堂の前に佇み、空を見上げた。目に沁みるような青空に、雲が流れている。お純は溜息をつき、引き返すことにした。

栄口屋へと戻る途中の道端に、福寿草《ふくじゅそう》が咲いていた。福寿草は、お純の大好きな花だ。心配事で疲弊していた心が癒され、強張っていた顔が思わずほころぶ。

お純は身を屈め、福寿草を眺めた。黄色い花びらに、そっと触れてみる。

故郷にいた頃、雪の下で蕾をつける福寿草を見つけると、嬉しかったものだ。

春を告げる花だからだ。

――暖かくなってきたから、そろそろ福寿草も終わりね。でも不思議だわ。こんなに小さくて素朴な花なのに、寒さに強くて丈夫なんですもの。……それに、毒も持っているし。福寿草って、可愛い顔してなかなか手強いのよね。

お純は苦笑する。福寿草の若芽はフキノトウのそれとよく似ているので、フキノトウと間違えて福寿草を食べた人が毒に中《あた》ってたいへんな目に遭うのを、故郷にいる頃よく見たものだ。誤って福寿草を食べてしまうと、心ノ臓が麻痺したり、息ができなくなったりして、下手をすると絶命してしまうこともある。

意外に怖い福寿草を眺めつつ、お純はふと思い当たった。

――フキノトウ。そう、フキノトウだわ。坊ちゃんはきっと、お煎餅のお礼に、フキノトウを摘んで持っていったのよ。お婆さんはお料理が上手だから、フキノトウの料理を作ってもらって、一緒に味わおうと思ったんだわ。……ところが、間違えてしまったのよ。フキノトウの芽と、福寿草のそれを。あ、でも、福寿草はそろそろ終わりだから、今の時季ならハシリドコロの若芽だったかもしれないわね。ハシリドコロもよくフキノトウと間違えられるもの。とにかく誤って食べてしまって、毒に中って、二人して具合が悪くなってしまったんだわ。

フキノトウとハシリドコロも、同じような場所に生え、見た目も似ているので、間違えて食べてしまって酷い目に遭うことがある。嘔吐、下痢、めまい、幻覚症状などが起こり、最悪の場合には死に至る。

トリカブトなど毒性のあるものはたいてい苦くて呑み込めないものが多いのだが、ハシリドコロは思いのほか美味しいので、つい食べてしまうという。そして激しい症状に見舞われることになるのだ。

お純はさらに考えを巡らせる。

――お婆さんは目を悪くしていたから、坊ちゃんが間違えて摘んで持っていったハシリドコロを、フキノトウではないと見抜けなかったのね。それでハシリドコロを使って、料理を作り、一緒に食べてしまったんだわ。……大丈夫、二人ともきっと生きている。毒に中って、暫く動けなかっただけだわ。お婆さんが誰か、居場所さえ分かれば、二人を助け出せる。

お純は祈るような思いだった。

三

　お純が栄口屋へ戻ったところに、ちょうど弥助が訪ねてきたので、お純は察したことをすべて話してみた。

「お婆さんのことは無論、野良猫を可愛がったり、おっ母《か》さんのことを思い遣ったり、坊ちゃんはまことに穏やかでいらっしゃる。あっしも見習いたいですぜ」

「あら、親分さんは、ご気性が激しいぐらいでなければ務まらないのではありませんか」

「そう言われりゃあそうですけどね。まあ、この滾《たぎ》る思いで、坊ちゃんを救い出してみせやすぜ。とにかく、そのお婆さんの居場所を突き止めねえと」

　弥助が駆け出そうとしたところへ、今度は豆吉が現れた。報せを持ってきてくれたのだ。

「仲間にいろいろ訊いてみたところ、それらしきお婆さんに思い当たったわ」

髪結いのお婆さんの名はお墨《すみ》、入船町《いりふねちょう》の裏長屋で暮らしているという。

「調べてくださって、ありがとうございます」

お純と弥助は、豆吉に繰り返し礼を言って頭を下げた。弥助は直ちに入船町へと向かった。駆けていく弥助の後ろ姿を見ながら、お純は思った。

遥太郎が消えてしまったという不安と悲しみの中で、弥助との遣り取りに心を癒されていたことは確かだったと。お純も、懸命に走り回る弥助に、惹かれ始めていたのだ。


お墨の家で、遥太郎は無事に見つかった。お純が察したとおり、フキノトウと間違えてハシリドコロを食べてしまい、二人して具合が悪くなって寝込んでいたのだった。

遥太郎はお墨に名前は正直に言っていたが、住処《すみか》などははっきり話しておらず、それゆえお墨もどこへ届けていいか分からなかったという。二日ほどは二人とも動けず、厠にも這っていき、喋ることもできなかったそうだ。今日は三日目で、少しは話すことができるようになったから、遥太郎に住処を訊き出して、隣の人に報せにいってもらおうと思っていたという。

遥太郎はお墨の家に、たまに遊びにきていたようだ。遥太郎が身元や住処を伏せていたのは、一応は大店の子供であるからだろう。それを知ったお墨に、変に気を遣わせるのが嫌だったに違いない。だがお墨は、遥太郎の身なりや言葉遣いなどから、よいところの坊ちゃんだと気づいていたようだ。

お墨は、弥助の前で項垂れた。

「ご家族の皆様にまでご心配をおかけしてしまい、反省しております。本当に申し訳ございませんでした。遥太郎さんは何も悪くございません。どうかこの婆を罰してくださいませ」

しかし弥助は、お墨を引き立てる気など、毛頭なかった。

「下手人がいねえ事件なら、誰も引っ張ることなんてできねえよ。それより、お前さんたちを医者にちゃんと診てもらわなくてはな。すぐに呼んでくるから、待っててておくんな」

弥助はそう告げると、医者を呼びに走った。遥太郎はぐったりしていたものの、医者の見立てでは、あと二、三日静かにしていれば、徐々に回復するだろうとのことだった。お墨は目までも診てもらい、よい薬を渡してもらった。

こうして弥助言うところの、下手人なき事件は、幕を閉じたのであった。

ところで遥右衛門はお墨に対して怒るどころか、家族や店の者たちの髪結いを頼むようになった。孫の遥太郎によくしてもらったお礼、そして遥太郎が迷惑をかけてしまったお詫び、という思いがあったのだろう。

お墨もあちこちに出かけていくよりは、栄口屋のお抱えとなって楽になったようだ。次第に目もよくなっていくだろうと思われた。

家に戻った遥太郎の看病と世話は、家族の者たちだけでなく、お純と勇次も交替で務めた。勇次は、まだ動きがおぼつかない遥太郎を負《お》ぶって、厠などへも連れていった。

遥太郎は具合がよくなると、お純へ改めて礼を述べた。

「お祖父《じい》さんから聞いた。私のことを心配してくれてありがとう」

まだあどけなさの残る声で告げると、遥太郎は丁寧に頭を下げた。お純は遥太郎に微笑みかけた。

「私だけでなく、皆様、坊ちゃんのことを心配していましたよ。ご無事で本当によろしかったです。……これからは、どこかへ出かけられる時は、行き先を伝えてくださいね」

「必ず気をつけることにする。お祖父さんや両親はもちろん、ここで働いてくれている皆を心配させてしまうようなことは、もう決してしたくはない。お純は、私のおっ母さんも気遣ってくれたそうだね。お純が作ってくれた卵粥は最高だったと、おっ母さんが言っていた。その卵粥を食べた時、私の無事を、信じることができたと」

遥太郎の目が微かに潤む。お純は遥太郎の小さな肩に、手を載せた。

「では坊ちゃんにも、卵粥をお作りしましょうか。熱々で、頬っぺたが落っこちてしまいそうなものを」

遥太郎は指で目元を擦り、笑顔で頷いた。

「私も、お純が作った卵粥を食べてみたい」

「かしこまりました。お腹が減るようになったら、元気になった証です。暫くお待ちくださいませ」

二人は微笑み合う。お純は台所へと向かい、張り切って卵粥を作り始めた。その間に、遥太郎は勇次にも礼を伝えにいったようだった。

数日後、弥助は手土産を持って、お純を訪ねてきた。

「いろいろと力添えしてくれて、ありがとうございやした。よかったら召し上がってくだせえ」

「わあ。長命寺《ちょうめいじ》の桜餅！　私、大好きなんです」

「それはよかった。一足早く、味わってもらいたくて」

桜餅のみずみずしい香りと色合いに、お純のソバカスだらけの頬もほんのり染まった。

桜餅のお返しに、お純は昼餉のあまりのはっと汁を出した。はっと汁は、お純の故郷の料理だ。煮干しと椎茸から取っただし汁で、ささがきにした牛蒡、短冊切りにした大根と人参、千切りにした椎茸を煮る。そこに、饂飩粉を水で溶いて捏《こ》ねて千切《ちぎ》った団子を加える。最後に薄切りにした葱を加えて、一煮立ちさせてできあがりだ。

「中で召し上がってください」

お純は弥助を台所へ入れようとしたが、弥助は首を横に振った。

「ここでいいですよ。あっし、外で食べるのが好きなんで」

台所にはほかの料理人がいるので、二人で話をするには確かに裏庭のほうが都合はよかった。

弥助は梅の木の下で、野菜の旨みが溶け出た汁を啜り、もっちりとした団子を頬張って、唸った。

「旨《うめ》えなあ！　本当に旨え」

勢いよく食べる弥助を眺め、お純も顔をほころばせつつ、気になっていたことをぽつりと口にした。

「ほかの神隠し事件も、解決できるといいですね」

「確かに。あの事件は林田の旦那の担当ではありやせんが、あっしも心配しておりやす」

事件について、弥助はだいたいのことは知っていた。

「調べを進めるにつれて、このようなことが分かったそうです。消えた三人のうち、二人は養子で、一人は両親が離縁して父親に育てられていたと。家は裕福ではありやすが、子供たちはそれぞれ孤独を抱えていて、そこを何者かに付け込まれたのではないか。そう考えられているようです」

お純は溜息をついた。

「そうだったのですか。では、地方からもらわれてきた子もいたのでしょうか」

「そのようです。とはいっても江戸からそれほど遠くはない、武蔵国《むさしのくに》や上総国《かずさのくに》で生まれた子たちです」

汁をずずっと啜る弥助を眺めつつ、お純は察したことを口にした。

「もしや、案外、三人で故郷に帰ってしまったのではないかしら。それぞれの故郷を巡っているのかもしれません。私もそうですが……故郷って、時々、無性《むしょう》に恋しくなることがありますから。親御さんが離縁した子は、おっ母さんに会いにいったのでは」

弥助は目を丸くして、お純を見つめた。

「ってことは、こちらも事件ではねえってことですか？」

「はい。なにやらそう思うんです。ただ三人で、実の親御さんに会いにいっただけなのではないかと。ずっと会いたくて、故郷に帰りたくて、でも子供ながらに今の親御さんたちに気を遣ってしまって、言い出せなかったのでは。だけれど思いが募って、子供たちだけで行動に移してしまったのではないでしょうか。ならばそのうち帰ってくるとは思いますが……三人に繋がりがなかったのか、もう一度詳しく探ってみては如何《いかが》でしょう。寂しさを抱えている者同士、手習い所の帰りに、稲荷かどこかで道草している時に知り合ったのかもしれませんよ」

「……言われてみやしたら、本当にそのような気がして参《めえ》りやすぜ。そいつは気づきやせんでした」

お純の勘働きに敬服し、弥助は何度も礼を言う。お純は慌てた。

「そ、そんな。まだそうとは決まっていませんから。ただ、その子たちのことが気懸かりで、私なりに考えてみたんです」

弥助はお純を真っすぐに見つめた。

「早速、林田の旦那に話してみやす。……料理、本当に旨かったです。ご馳走様でした」

「よかったです。私の故郷の料理なので、褒めてもらえて嬉しいです」

「故郷は、どちらで」

「奥州は仙台です。十二の時に江戸へ来ました」

「そうなんですか。仙台はよいところなんでしょうね」

「はい！　景色がよくて、空気が澄んでいて、食べ物とお水が美味しくて、木と花もたくさんあります」

「お人も皆、温《あたたけ》えんでしょう。この料理を味わって、分かりやしたよ」

お純は弥助を見つめ、大きく頷いた。

弥助は椀をお純に返すと、真相を突き止めるべく駆け出していった。

数日後、弥助はまたもお純のもとを訪れ、厚く礼を述べた。お純の察したことが当たっていたのだ。

弥助から話を聞いた誠一郎は、先輩の同心に相談して、手配をした。そして子供たち三人は、江戸へと帰ってくる途中で無事に保護された。歩いて移動していたので、時間がかかってしまったらしい。

もちろん三人はお叱りを受けた。養父母や片親の涙を見て、彼らの愛情が伝わったのだろう、三人とも深く反省したようだ。

この小さな冒険で、子供たちは実の親の情と、育ての親の情、どちらも知り得て、少しは大人になっただろう。

こうして、こちらも下手人なき事件として、幕を閉じた。だが真相を探り当てたということで、弥助は三人の養父母たちから感謝され、人情味のある岡っ引きとして一躍、評判となった。

その弥助がお純に感謝してもしきれぬ心持ちであったことは、言うまでもない。

――弥助との出会いを、お純は昨日のことのように鮮明に覚えている。そして、弥助に、はっきり「かみさんになってくれ」と言われた日のことも。後に弥助から聞いたことだが、落ち込んでいた時にお純に励まされたのが、決め手になったという。

ある時、弥助は探索の途中で、大店の若旦那に暴言を吐かれた。それも、多くの者たちがいる前で罵倒された。

「お前ら目明《めあか》しなんて、この世にいてもいなくてもいい人間だ。いや人間じゃない、ただの奉行所の狗《いぬ》だ。いや、狗以下の、屑《くず》だ」と。

仕事の疲れも溜まっていた弥助は、酷く落ち込んでしまった。自分の仕事に誇りを持っている弥助の悔しさや悲しさが伝わってきて、お純の胸も痛んだ。

お純は弥助を励ました。いや、励ましたというより、素直な気持ちを告げたのだ。

「私は、弥助さんがこの世に生まれてくれたことに感謝しているわ。だって弥助さんが一生懸命お仕事している姿を見ていると、私は笑顔と元気をもらえるの。弥助さんは私のお天道様なのよ」

て出した。

そしてお純は弥助に微笑み、「たまにはお返しさせて」と、温かな料理を作っ

師走の寒い日だったので、一足早く、雑煮《ぞうに》を。ハゼを丸ごと使う雑煮は、栄口屋の者たちにも大好評で、正月以外でも食べたいと言われて、寒い季節にはお純はよく作っていた。

ハゼを煮て取っただし汁に、千切りにした大根、人参、牛蒡を入れて煮て、餅を加えて味を調《ととの》える。椀には、野菜、餅、ハゼ、蒲鉾《かまぼこ》、芹《せり》の順に盛りつけて、できあがり。このハゼを使う雑煮も、お純の故郷の料理だ。

「結構、豪華でしょう。故郷にいた頃、お正月にこのお雑煮を食べるのが楽しみだったの」

お純は目尻を下げた笑顔で、弥助に熱々の椀を渡した。

その雑煮を味わいながら、弥助は決めたのだという。俺にはお純が必要なのだと、お純でなければ駄目なのだと。自分が安らげるのはお純しかいないとの思いが、溢れ出たのだろう。

蚕豆を煮ながら、キビナゴの衣揚げも作った。そろそろ弥助が起きる頃だ。豆

腐もあるし、これらで酒を思い切り楽しめる。

弥助とは、十九で出会い、二十一で夫婦となった。栄口屋の大旦那である遥右衛門は、大喜びでお純を送り出してくれた。

遥右衛門は遥太郎の一件の後、誠一郎と弥助から、お純の勘働きで遥太郎を助け出すことができたと聞いていた。お純は自分でも気づかぬうちに、遥右衛門から受けた恩を、返していたのだった。

それゆえ遥右衛門は、お純の幸せを我が事のように喜び、二人の住処を見つけることにも力添えを怠らなかった。遥右衛門がただ一つ心残りだったのは、お純の料理を毎日は味わえなくなることだった。

それを解決すべく、遥右衛門は、お純に店を持つことを提案した。お純が料理屋を営めば、食べたい時にはそこに行けばいつでも食べられるからだ。お純の予てからの夢を、遥右衛門は叶えるつもりでいた。

遥右衛門はその案にすっかり乗り気で、支度金を援助することを申し出た。お純は申し訳ないと断ったものの、遥右衛門は勝手に店を借りてしまった。もちろん月々きちんと返済しているが、手続きなどをすべて済ませてくれた遥右衛門に、お純と弥助は感謝の言葉もなく、一生足を向けては眠れない。

思いのほかに夢が早く叶い、お純は喜びながらも、いっそうしっかり精進しなければと、気を引き締めたものだ。

その遥右衛門は、今はもう隠居をし、向島の寮で悠々と暮らしている。川野に食べにきてくれることもあれば、呼ばれて、お純が作りにいくこともあった。

遥太郎は十九になり、栄口屋の若旦那として商いの修業をしつつも、本草《ほんぞう》学者になる夢も捨てきれていないようだ。月に三度は必ず、小野蘭山《おのらんざん》の高弟だった師匠のもとへ通って、その教えを受けている。

遥太郎が本草学に興味を持ったのも、フキノトウとハシリドコロを誤食したことがきっかけだったというから、面白いものだ。遥太郎は誤食以来、お純から草花についていろいろと教えてもらい、それでいっそう開眼したようだ。

大旦那となった遥一郎は、息子が本草学に傾倒することを喜ばず、もっと商いに身を入れろと煩《うるさ》いが、遥右衛門と利津は理解を持っている。遥太郎が本草学を続けられるよう、よい師匠を見つけてきたのも、遥右衛門だった。そしてもちろんお純も、遥太郎の商いと学問の二足の草鞋《わらじ》を、応援していた。

小さな格子窓の外に目をやり、お純は思う。うららかなこんな日は、明るいうちから一杯やるのも悪くはない、と。

本当によい天気だからか、今まであったことが、次から次へと心に浮かんでくる。

——いったいどれほどのご縁が、私を支えてくれたのだろう。私を育ててくれたのだろう。

お純は胸元にそっと手を当て、目を瞑《つむ》る。目を開くと、光の細やかな粒が、見えたような気がした。

二階から、お純を呼ぶ弥助の声が聞こえる。お純は師匠の安兵衛からもらった包丁を洗い、水を切り、丁寧に拭いて、大切に仕舞った。

そして素朴ながらも心を籠めた料理と酒をお盆に載せて、階段を上がっていった。

おぼろ菓子　深川夫婦捕物帖

一〇〇字書評

切・り・取・り・線

購買動機（新聞、雑誌名を記入するか、あるいは○をつけてください）

□（　　　　　　　　　　　）の広告を見て	
□（　　　　　　　　　　　）の書評を見て	
□ 知人のすすめで	□ タイトルに惹かれて
□ カバーが良かったから	□ 内容が面白そうだから
□ 好きな作家だから	□ 好きな分野の本だから

・最近、最も感銘を受けた作品名をお書き下さい

・あなたのお好きな作家名をお書き下さい

・その他、ご要望がありましたらお書き下さい

住所	〒				
氏名		職業		年齢	
Eメール	※携帯には配信できません	新刊情報等のメール配信を　希望する・しない			

この本の感想を、編集部までお寄せいただけたらありがたく存じます。今後の企画の参考にさせていただきます。Eメールでも結構です。

いただいた「一〇〇字書評」は、新聞・雑誌等に紹介させていただくことがあります。その場合はお礼として特製図書カードを差し上げます。

前ページの原稿用紙に書評をお書きの上、切り取り、左記までお送り下さい。宛先の住所は不要です。

なお、ご記入いただいたお名前、ご住所等は、書評紹介の事前了解、謝礼のお届けのためだけに利用し、そのほかの目的のために利用することはありません。

〒一〇一－八七〇一
祥伝社文庫編集長　清水寿明
電話　〇三（三二六五）二〇八〇

祥伝社ホームページの「ブックレビュー」からも、書き込めます。
www.shodensha.co.jp/bookreview

祥伝社文庫

おぼろ菓子《がし》　深川夫婦捕物帖《ふかがわめおととりものちょう》

令和 5 年 9 月 20 日　初版第 1 刷発行

著　者　有馬美季子《ありまみきこ》
発行者　辻　浩明
発行所　祥伝社《しょうでんしゃ》
東京都千代田区神田神保町 3-3
〒 101-8701
電話　03（3265）2081（販売部）
電話　03（3265）2080（編集部）
電話　03（3265）3622（業務部）
www.shodensha.co.jp
印刷所　堀内印刷
製本所　ナショナル製本
カバーフォーマットデザイン　中原達治

Printed in Japan ©2023, Mikiko Arima　ISBN978-4-396-35008-6 C0193

祥伝社文庫の好評既刊

有馬美季子　**縄のれん福寿《ふくじゅ》**　細腕お園《その》美味草紙

〈福寿〉の料理は人を元気づけると評判だ。女将・お園の心づくしの一品が、人と人とを温かく包み込む江戸料理帖。

有馬美季子　**さくら餅**　縄のれん福寿②

生みの母を捜しに、信州から出てきた連太郎《れんたろう》。お園の温かな料理が、健気《けなげ》に悩み惑う少年を導いていく。

有馬美季子　**出《で》立《た》ちの膳**　縄のれん福寿③

一瞬見えたあの男は、失踪した亭主なのか。落とした紙片に書かれた謎の食材を手がかりに、お園は旅に出る。

有馬美季子　**源氏豆腐《げんじどうふ》**　縄のれん福寿④

〈福寿〉に危機が⁉　近所に出来た京料理屋に客を根こそぎ取られた。だがお園は信念を曲げず、板場に立ち続ける。

有馬美季子　**縁結び蕎《そ》麦《ば》**　縄のれん福寿⑤

大切な思い出はいつも、美味しい料理とつながっている。細腕お園の心づくしが胸を打つ、絶品料理帖。

有馬美季子　**はないちもんめ**

口やかましいが憎めない大女将・お紋、美貌で姉御肌の女将・お市、見習い娘・お花。女三代かしまし料理屋繁盛記！

祥伝社文庫の好評既刊

有馬美季子
食いだおれ同心

食い意地の張った同心と、見目麗しき世直し人がにっくき悪を懲らしめる痛快捕物帳！

有馬美季子
つごもり淡雪そば
冬花《ふゆか》の出前草紙

一人で息子を育てながら料理屋〈梅乃〉を営む冬花。ある日、届けた弁当に毒を盛った疑いがかけられ……。

宇江佐真理
十日えびす 新装版

夫が急逝し、家を追い出された後添えの八重。義娘と引っ越した先には猛女お熊がいて……母と義娘の人情時代小説。

宇江佐真理
ほら吹き茂平 新装版
なくて七癖あって四十八癖

うそも方便、厄介ごとはほらで笑ってやりすごす。懸命に真っ当に生きる家族を描く豊穣の時代小説。

宇江佐真理
高砂《たかさご》
なくて七癖あって四十八癖 新装版

倖せの感じ方は十人十色。夫婦の有り様も様々。懸命に生きる男と女の縁《えにし》を描く、心に沁《し》み入る珠玉の人情時代。

馳月基矢
伏竜《ふくりよう》
蛇杖院《じゃじょういん》かけだし診療録

「あきらめるな、治してやる」力強い言葉が、若者の運命を変える。パンデミックと戦う医師達が与える希望とは。